. . . . *Je les adore, Je les pleure,*
et mes larmes intarissables sont mes offrandes.

Page 173

Dessiné par Debret.   Gravé par Passaert.

LE

NUMÉRO 113,

OU

LES CATASTROPHES
DU JEU.

HISTOIRE VÉRITABLE,

PUBLIÉE PAR P. CUISIN.

SECONDE ÉDITION,

Revue, corrigée, et augmentée de nouveaux faits qui tiennent à l'histoire des jeux et des joueurs en général.

Je te loue, ô destin, de tes coups redoublés,
Je n'ai plus rien à perdre, et tes vœux sont comblés.
REGNARD.

A PARIS,

CHEZ PLANCHER, RUE SERPENTE, N.º 14.

1815.

AVANT-PROPOS.

DE

L'ÉDITEUR.

L'ACCUEIL distingué et flatteur dont le public a bien voulu honorer la première édition de cet ouvrage, et la promptitude avec laquelle elle a été épuisée, nous mettent dans l'agréable nécessité de lui donner cette SECONDE ÉDITION. Nous l'avons corrigée, examinée avec soin; et, après avoir fait disparoître certaines fautes légères inséparables d'une première composition, nous avons cru de-

a

voir étendre encore plus certains traits de moralité, comme certains épisodes curieux qui ne laissent pas que de se rattacher essentiellement à la sphère du jeu, et qui ne pourront manquer, par l'effet des vives couleurs sous lesquelles ces mêmes traits sont présentés au lecteur, de redoubler son horreur pour cette passion funeste.

Sans altérer en rien la partie historique des aventures de M. de Sélicourt, l'infortuné héros de cette HISTOIRE VÉRITABLE, nous avons cru devoir, et toujours dans un but moral, y lier quelques nouvelles circonstances des originalités sans nombre du jeu et des joueurs en général, dans la double vue

d'ajouter à l'intérêt de cette lecture, et à-la-fois d'inspirer une
sorte de terreur et de dégoût à
ceux qui, insuffisamment convain-
cus par l'expérience d'autrui, seroient encore assez insensés pour
tenter les hasards sur ce théâtre
mêlé d'écueils et de précipices.

Si, sous un autre point de vue,
on doit sans cesse, en bon citoyen,
metttre en rapport les productions même les plus légères de
l'imagination avec l'esprit du Gouvernement, nous avons pensé qu'un
livre moral étoit la plus sûre manière d'y parvenir, et que le plus
beau tribut de respect, d'admiration et d'amour dont un auteur
pouvoit faire hommage à son Roi,

étoit pour lui de tendre toujours
dans ses écrits vers la moralité publique , vers les exemples de grandeur
d'âme , de vertu éclairée dont son
SOUVERAIN LÉGITIME lui offroit en
ce moment un si rare modèle :
nous avons donc cru ici ne pas mé-
connoître le principal mérite d'un
Editeur, qui consiste, ce nous semble, dans le choix judicieux des
compositions qu'il se charge de
faire passer à l'impression : que les
lois de son pays , que le prince ,
la décence, la langue, soient toujours respectés dans ses spéculations littéraires ; que le bien public,
auquel tout ouvrage doit tendre,
ne cesse jamais d'être son guide et
son mobile , et alors il ne pourra

manquer de recueillir les suffrages de l'estime générale.

D'un autre côté, du moment que les bonnes mœurs, l'impulsion donnée par le Gouvernement, loin de souffrir la moindre lésion dans telle composition d'imagination qne ce soit, y trouvent au contraire un point d'émulation profitable, on doit augmenter sa publicité, ainsi que celle de tout ouvrage qui offre d'heureux résultats en morale.

Quel beau moment, d'ailleurs, pour donner essor à toutes les intentions honnêtes, que celui où le triomphe universel de la vertu sur le crime, le génie du mal terrassé, le pouvoir légitime assis

partout sur les ruines de l'usur-
pation, en proclamant le véritable
Souverain de la patrie, aussi grand
que paternel, ouvre à-la-fois tous
les canaux de l'industrie, rend sa
tiare à la religion, la liberté aux
lettres, et brise en même temps
tous les freins qu'un ingénieux
despotisme avoit mis sur toutes les
idées libérales !...... L'honneur
des Nations étant vengé, et tout
étant rentré dans ses limites naturelles et légitimes, il faut néces-
sairement que les plus petites ra-
mifications d'un si beau système
l'imitent et s'en ressentent; il faut,
dis-je, qu'un si beau sol ne pro-
duise que de beaux fruits. De ces
réflexions générales je descen-

(vij)

drai donc à cet opuscule (le Numéro 113), qui nous paroît avoir atteint le but qu'on s'est proposé, sous le triple point de vue de la moralité publique, des exemples frappans qu'il donne, et des efforts continuels de l'historien, pour faire connoître dans son plus grand jour, souvent sous les traits du ridicule et de la caricature, la difformité du vice du jeu, ainsi que les bizarres et superstitieuses originalités du joueur de profession.

Cette éphéméride (le N.° 113), il est vrai, sans prétention comme sans consistance, n'en a pas moins un cachet dont tout moraliste et tout observateur peut tirer quelque utilité. On conviendra qu'on ne sauroit jamais inspirer plus d'horreur pour cette funeste passion, à ceux qui en sont atteints, que par la peinture même des malheurs qui ne manquent pas de marcher à sa suite et en sont plutôt inséparables. Le bouleversement des fortunes, des idées religieuses ; l'altération de toutes les affections tendres et nobles, le suicide même, et tous les écarts les plus monstrueux de l'imagination de l'homme, sont les tristes fruits qu'il ne recueille que trop souvent de cette cruelle passion de jouer, de cette fureur incurable de ne se complaire que dans des émotions toujours inquiétantes, et de se placer continuellement dans l'alternative

douloureuse d'une grande prospé-
rité ou d'une ruine totale.

Donnons donc des éloges à l'auteur ou au producteur de cette
Histoire, véritable ou non, dont
les sages intentions, en plaçant le
joueur dans diverses scènes de son
théâtre, et lui faisant jouer plusieurs rôles de son caractère, nous
l'offrent, si je puis m'exprimer
ainsi, dans toute sa nudité, et ne
peuvent manquer d'inspirer, si
toutefois les passions sont susceptibles d'être corrigées, la terreur
de lui ressembler.

Ainsi, que le NUMÉRO 113, ou
LES CATASTROPHES DU JEU, soient
une fiction, un assemblage de faits
de pure imagination, et nullement

une histoire véritable, publiée seulement par M. Cuisin, peu doit nous importer, encore moins la source où il a puisé ses matériaux : plaise à Dieu que nous ne soyons trompés que dans de tels desseins, et que les seules illusions dont on veuille captiver notre imagination, pour fixer notre intérêt comme notre attention sur une nouvelle production, n'aient jamais d'autre but que des essais en morale ! nous ne laisserons pas que d'y applaudir, et nous accueillerons une heureuse imposture qui ne peut produire que du bien.

Le *Joueur* de Regnard, le *Beverley* de Saurin, la *Satire* de Boileau sur la Brelandière, ont en vain, dira-t-on, frappé ou ému nos sens; les vices n'ont jamais changé que de modifications, sans qu'on détruisît leur berceau et leur principe, qui est dans la nature seule : seroit-ce une raison pour abandonner toute espèce de tentatives, laisser aller le torrent des imperfections humaines, sans chercher à le resserrer dans un lit plus étroit ? Non, sans doute; et, malgré que cette bagatelle (le Numéro 113) ne puisse pas, je crois, se glorifier jamais de faire faire un grand pas à la morale, du moins mettra-t-elle peut-être sur la voie des écrivains plus habiles qui acheveront cette épreuve, et porteront de plus grands coups à la

(xij)

passion de jouer , en employant
d'autres armes que celles du ridicule , qui sont peut-être , en grande
partie , les seules mises en usage
ici.

A. U.

TABLE
DES CHAPITRES.

b

LE NUMÉRO 113,

OU

LES CATASTROPHES

DU JEU.

CHAPITRE PREMIER.

*Exposition des motifs que j'ai d'écrire
ma propre histoire.*

LE mal incalculable que je me suis fait
à moi-même, à ma famille, enfin aux
personnes qui m'étoient le plus chères,
m'inspire aujourd'hui le dessein de les
venger en quelque sorte, par l'aveu public de mes propres égaremens, pour
ne pas dire de mes déréglemens honteux. Ma fortune patrimoniale, celle
de ma femme, de mes enfans, de mes
plus proches parens, englouties dans le
gouffre que j'ai creusé de mes propres

mains, égaré comme je l'étois par la fureur du jeu ; l'infamie, le vide affreux que je recueille comme un odieux héritage de cette fatale passion, voilà les titres flatteurs que j'apporte à l'indulgence et à l'intérêt du lecteur ; titres flétrissans qui ne sont que trop réels par l'exactitude des événemens que je vais lui raconter. Plaise à Dieu que cette espèce de confession, où j'expose les erreurs de ma vie toute entière, et sans ménagement pour mon amour-propre, en faisant une sorte de diversion et de suspension aux reproches que me fait ma conscience, devienne pour le public, surtout pour les jeunes gens de famille dont la fortune et les mœurs n'ont pas encore été entièrement altérées par la passion infernale du jeu, un avertissement salutaire qui les fasse reculer d'horreur et d'effroi !... Ne dois-je pas faire des vœux ardens pour que la narration de mes malheurs trop mérités, la peinture fidèle de toutes

les vicissitudes que j'ai essuyées, soient
à leurs yeux une sorte de spectre, d'Eu-
ménide vengeresse qui les glace d'épou-
vante, et fasse qu'ils fuient le précipice sur les bords duquel leurs pas en-
traînés vont bientôt les placer entre
l'alternative du suicide ou du déshonneur !..... Oui, hommes de tous les
âges, de tous les rangs, gardez-vous de
vous appitoyer sur moi ; ce n'est point
votre vaine commisération que je veux
provoquer ici ; ma propre estime, que
j'ai perdue, m'en rend indigne, et je
sens d'ailleurs que mes torts sont aussi
peu susceptibles de pardon, que mes
infortunes sont irréparables : ce sont les
écueils que je vous vois affronter qui
m'épouvantent pour vous ; c'est, dis-je,
le cri même de ma conscience qui con-
duit ma plume et m'inspire le généreux
projet de vous sauver de vous-mêmes.
Fuyez donc, fuyez le monstre que vous
caressez dans votre délire insensé !!...
Ne voyez-vous pas les piéges grossiers

tendus à votre cupidité?.... Les mille
et mille exemples de désastre et de
désespoir qui vous environnent, pour
quelques prospérités éphémères, ne
vous dessillent-ils point les yeux?....
Comment!...mes conseils,mes cris même
ne suspendent pas une minute, n'attié-
dissent pas en vous cette soif ardente
de jouer pour perdre, de prodiguer
votre or, dans l'espoir, toujours déçu,
de le doubler!.... Vous continuez de
vouloir être les premiers artisans de
votre désastre..... Vous êtes comme
affamés de votre propre ruine!...Eh
bien, suspendez donc au moins quelque temps un acharnement si cruel à
vous-mêmes, pour lire les affreux détails
que j'ai à exposer sous vos yeux, détails
dont la turpitude rejaillira sur vous, si
vous persistez dans votre égarement;
et dites ensuite si le malheur peut employer, pour accabler et avilir un homme, des recherches plus ingénieuses
que les séductions du jeu!

CHAPITRE II.

Ma naissance, ma famille, mon éducation et mes premières inclinations dévoilées.

NÉ en 1777, de riches parens, dans une des provinces méridionales de la France, une partie de ma famille y occupoit un rang distingué dans la magistrature : l'honneur m'ordonne de taire ici le nom de mon père ; mon ingratitude et mon inconduite le déshonorent assez, sans que ma plume indiscrète et peu respectueuse vienne faire ici des révélations déplacées et injurieuses à sa mémoire.

L'union de mes chers, de mes dignes parens, avoit eu pour base tout ce qu'il y a d'aimable et de respectable dans le monde : beauté, vertus, richesses, grâces et naissance d'un côté ; esprit, talent, honneur, intégrité de l'autre ; tous

les dons enfin de la nature et de la fortune concoururent à l'envi pour former
dans les auteurs de ma naissance un
couple parfait. Ma modestie et les convenances permettront-elles que je dise
ici que je participois d'eux sous le rapport des qualités physiques seules, il est
vrai ; et que l'élégance de ma taille,
comme la noblesse et la régularité de
mes traits, laissoient fort peu de chose
à désirer. Si je le fais, c'est moins par
foiblesse ou par orgueil, que pour con-
tenter le goût et les idées puériles d'une
foule de lecteurs et de maintes lec-
trices, qui ne prennent en affection un
héros de roman qu'autant que la nature ou son père putatif, l'auteur, l'a
revêtu de tous les attributs de la beauté
et de la valeur ; il ne faut rien moins
qu'un Apollon pour leur plaire ; que
Grandisson soit, en comparaison de
ces êtres imaginaires, un homme sans
délicatesse ; que les productions et les
chefs-d'œuvre de Voltaire, à côté de

leur prose boursoufflée et gigantesque,
ne soient que de faux clinquants sans
véritable éclat. Ce n'est point du tout
sous ces comiques et ridicules impos-
tures que je veux captiver l'attention
dans le cours de mon narré ; les personnes qui y chercheroient également
des coups de surprise de mélodrames
ou des intrigues souterraines et caver-
neuses, doivent de suite quitter la lecture de ce livre, car il ne renferme pas
de ces aventures et de ces mensonges
aussi grotesques qu'invraisemblables.
Cette digression presqu'involontaire me
ramènera-t-elle facilement au texte de
mon chapitre, qui doit offrir l'heureux
hymen de mes parens?.. Dire encore
que leur mariage eut lieu dans le plus
bel appareil, entrer dans des explica-
tions à cet égard, m'éloigneroit toujours
de mon but principal; ainsi annonçons
de suite, et sans préambule inutile, que
je fus le premier fruit d'une si belle
union.

Ma mère, que je désignerai désormais, pour l'intelligence du lecteur, sous le nom de madame Hortense de Sélicourt, me vit à peine au monde, qu'elle me considéra non - seulement comme un autre elle - même, mais comme un trésor que toutes les richesses imaginables ne sauroient égaler dans son esprit prévenu : je devins pour son amour excessif la sphère unique dans laquelle elle renferma ses plus douces, comme ses plus chères affections, et hors laquelle son cœur ne trouvoit plus qu'un vide immense ; la ressemblance parfaite de mes traits avec ceux de mon père, mes grâces naïves, mes heureuses dispositions dans mon enfance, mes espiégleries et mes saillies, qui annonçoient, m'a-t-elle dit souvent, un esprit fort prématuré, flattoient infiniment son amour-propre, et lui faisoient concevoir en moi le présage d'un sujet brillant qui justifieroit un jour toutes ses aveugles prédilections ; son amour enfin s'étoit comme enrichi d'un second objet de la passion qu'elle avoit conçue pour son époux, et ce sentiment, loin d'y être nuisible, ne faisoit au contraire que resserrer les nœuds de l'amour et de la fidélité qu'elle lui portoit.

Devois-je ainsi récompenser tant d'attachement de la part de madame de Sélicourt, qui prodigua tous les soins imaginables pour perfectionner mon éducation ; qui veilla elle-même à ce que les maîtres qui me furent donnés par la suite me fissent faire des progrès réels dans mes études, comme dans les arts d'agrément que j'ai cultivés avec beaucoup de succès et de facilité ! Je ne dois pas omettre une circonstance qui contribua beaucoup à me rendre encore plus cher à madame de Sélicourt, et à faire réunir sur moi toute sa tendresse : j'avois joui peu de temps du bonheur d'avoir une sœur ; elle mourut en bas âge ; cette perte mit en deuil le cœur trop sensible de ma mère, et ses yeux

ne cessèrent de verser des larmes qu'en
se tournant vers moi, comme l'unique
consolateur de ses chagrins, et le seul
possesseur de ses sentimens. Peu à peu
sa douleur profonde s'évanouit, je puis
dire, dans les caresses qui me furent
prodiguées ; et les regrets que lui coûta
la perte de sa fille devinrent pour moi
un surcroît d'amour, aussi-bien que de
tendres inquiétudes.

J'aurois bien voulu éviter ces particularités sur les sentimens et la foiblesse
de madame de Sélicourt pour son fils,
et ne pas cesser de concentrer sur moi
seul l'attention dans le cours de mon
histoire, comme en étant l'infortuné héros ; mais cette excessive indulgence de
ma mère pour mes défauts n'ayant pas
laissé de contribuer implicitement au
développement secret et à l'essor de
mes penchans favoris, mon amour pour
le jeu, j'ai cru devoir m'appuyer quelques instans sur cette légère esquisse de
son caractère.

Quant à mon père, magistrat distingué, jaloux de sa réputation d'habile jurisconsulte, et dont le temps étoit entièrement absorbé par les occupations de sa profession, il ne m'aimoit, pour ainsi dire, que superficiellement. L'attachement seul que me portoit ma mère étoit fixe, et capable de résister à toutes les vicissitudes de la vie : ce genre d'excès ne pouvoit manquer de faire de moi ce qu'on appelle vulgairement un enfant gâté. L'éducation la plus ornée, comme je l'ai dit, m'avoit été donnée ; mais je n'en cachois pas moins sous ce vernis des germes de vices qui brûloient d'éclore sous les auspices commodes de la liberté, ou, pour mieux dire, d'une licence sans frein. Les jeux de mon enfance avoient souvent donné des témoignages de mes inclinations funestes : mon précepteur m'avoit fréquemment réprimandé de certaines dispositions pour le jeu qui s'étoient manifestées dans des occasions indifférentes pour des yeux moins judicieux que les siens ; il en avoit même sagement averti ma mère, qui lui avoit répondu : « Qu'il s'a- « larmoit pour des chimères, et qu'elle « prétendoit qu'on ne m'interdît pas « des amusemens innocens. »

Mon précepteur, condamné au silence, dissimuloit son dépit et ses chagrins, car ce mentor avoit conçu une véritable tendresse pour son élève. Permettez, dit-il un jour à madame de Sélicourt, que, pour combattre votre incrédulité sur les soupçons que j'ai conçus de la passion secrète que monsieur votre fils a pour le jeu, je fasse une petite expérience, et jurez-moi, madame, que, lorsque vous n'en aurez plus de doute, vous daignerez travailler de concert avec moi à l'en guérir. Soit, répondit ma mère ; mais quels moyens allez-vous employer ? De fort innocens et de fort simples, ajouta-t-il, que le jour seul de l'exécution, qui n'est pas prévu, vous fera connoître. Dans la suite, ce

dialogue me fut rapporté par la femme
de chambre de madame de Sélicourt,
qui avoit tout entendu d'un cabinet
voisin. Effectivement, à peine s'étoit-
il écoulé quelques jours, après cette
espèce de défi, que, me trouvant atti-
ré sous quelque prétexte dans l'appartement de mon précepteur, j'y re-
marquai de suite, avec une douce surprise, une table couverte d'objets fort
agréables, surtout à la vue des jeunes
gens; il y avoit étalé plusieurs armes
fort riches, telles qu'épées, pistolets; ensuite des bijoux, comme bagues, mon-
tres; puis çà et là des jeux de cartes,
une roulette en miniature parfaitement
imitée, des dés, un tric-trac, des cor-
nets; tous ces derniers attributs de Lu-
cifer étoit adroitement groupés sur un
long drap vert qui offroit bien distinc-
tement la rouge et la noire, et toutes
ces embûches infernales désignées aux
dupes avides et inexpérimentés sous

les noms de pair, impair, passe, à che-
val, prison, etc.

Mes yeux étoient fixés sur ces brillans hochets, trop séduisans pour mon
jeune âge; je les regardois avec une envie secrète de les posséder, lorsque madame de Sélicourt entra, sans doute
adroitement dirigée par les petites ruses
de mon précepteur, que je ferai connoître ici sous le nom de M. Lorwey.

Que de belles choses! s'écria madame
de Sélicourt en riant : comment et pourquoi toutes ces riches bagatelles et ce
singulier assemblage se trouvent-ils ici?
Hé bien! mon fils, continua-t-elle, si
cependant vous aviez un choix à faire,
il ne seroit pas douteux, je pense. Mal-
heureusement la nature, que sais-je,
mes inclinations déjà difficiles à conte-
nir, se soulevoient en moi; ma main
s'étoit vivement dirigée, comme par
une impulsion aussi forte qu'invincible,
sur les seuls objets qui représentoient
des instrumens de jeux; mes goûts fa-

voris se trouvèrent donc aussitôt trahis ;
une roulette aussi mignonne que jolie,
plus précieuse à mes yeux que l'écrin
le plus brillant, étoit déjà pressée,
examinée et comme caressée dans
mes mains agitées de plaisir ; elle me
sembloit avoir les propriétés de ces
pièces magiques et merveilleuses, et
surtout de ces talismans que les romans arabes des *Mille et une Nuits*
ont enfantés avec tant de fécondité ;
enfin M. Lorwey pouvoit se glorifier
d'avoir pris en moi la nature sur le
fait, car mes goûts prédominans se
montrèrent alors dans toute leur vivacité et sans aucun déguisement. Son
petit triomphe, qui blessoit évidemment
l'orgueil maternel, fut complet. Eh
bien! madame, s'écria-t-il, d'un ton su-
périeur, et, suivant son usage, aussitôt
armé de pied en cap d'une comparaison
et d'une citation : « C'est Achille dans
l'île de Scyros, qui caché et déguisé au
milieu des nymphes de cette île, sous

leurs habits, trahit son véritable sexe, en se précipitant avec ardeur sur le glaive, le bouclier et le casque ombragé de plumes que fait exposer finement à sa vue l'adroit Ulysse : là, c'est le conquérant, c'est le vainqueur de Troie qui se décèle ; ici, moins héroïquement et sous des formes moins élevées, c'est le joueur de Regnard, peut-être un autre Beverley, qui laissera encore loin derrière lui ses modèles, et fournira dans ce genre des spéculations pour les auteurs dramatiques un original de plus au théâtre. » Madame de Sélicourt, piquée du procédé mortifiant et du petit succès de mon pédant, lui imposa silence, en lui disant séchement que cette imagination puérile et ridicule ne prouvoit rien, et que d'ailleurs elle préféreroit lui voir plus de dispositions à faire éclore mes qualités tardives, qu'à faire mettre au grand jour mes petites imperfections ; expression indulgente dont son amour aveugle pour son fils voulut bien décorer mes vices naissans.

Ma petite pudeur ne s'alarma cependant pas beaucoup d'avoir laissé subtiliser le secret de mon foible, et m'emparant provisoirement de tous les jeux dont on s'étoit servi pour m'humilier, je m'esquivai à mon appartement d'une manière badine et furtive. Peu de minutes après, ma mère m'y fit demander : « Seroit-ce possible, mon fils (c'est ainsi qu'elle entama sa mercuriale), qu'à peine adolescent, vous ne méritiez que trop les imputations de votre précepteur ; que vos goûts, vos plaisirs, vos études mêmes, se ressentissent de cette passion qu'on vous attribue pour le jeu, et que votre imagination enfin, fût frappée de cette funeste empreinte ?.... » Je me justifiai bientôt facilement, en accusant M. Lorwey de rigorisme et même de pédanterie. Il n'avoit eu que trop raison pour qu'il

ne me devînt pas complètement impor-
tun et même odieux : je jurai donc en
moi-même son expulsion et d'en con-
certer les moyens avec la femme de
chambre de madame de Sélicourt, mademoiselle Julie, et Labassette, mon
valet de chambre. L'heureux stratagême
de quelque bonne calomnie me paroissoit infaillible pour y réussir. Par
la suite, le caractère de ce Labassette,
vrai Frontin de comédie, se dévelop-
pera de lui-même; ce nom de Labassette n'étoit d'ailleurs qu'un surnom de
guerre que je lui donnai une nuit que l'on
tailla chez moi secrètement un trente-un,
et où j'avois rassemblé à huis clos une
société d'intimes.

Revenons à madame de Sélicourt;
elle fut bientôt persuadée (n'étant que
trop poussée par ses aveugles préven-
tions en ma faveur) que ses craintes
étoient outrées ; que M. Lorwey se for-
geoit de véritables chimères, et que sa

seule misantropie, par trop scrupuleuse,
avoit voulu présenter des amusemens
sans conséquence comme des habitudes
enracinées. La conclusion de ce petit
événement, qui avoit jeté quelque nuage
léger sur le front de madame de Sélicourt, finit donc à mon avantage ;
sa physionomie charmante s'éclaircit
bientôt : puis, me donnant plusieurs
baisers fort tendres, elle me quitta, avec
la persuasion, ajouta-t-elle, que l'avenir donneroit un démenti complet aux
sinistres prophéties de mon précepteur,
et que je me rendrois toujours digne
de l'attachement qu'elle se plaisoit à me
vouer tout entier. Toutes ces louanges
et ces expansions ne me présentèrent
que la douce espérance de pouvoir
bientôt tromper complètement mes
chers parens, sous le double masque
de l'hypocrisie et de la ruse. Le chapitre suivant fera voir le développement de mon caractère avec l'âge, et
que le serpent que je nourrissois dans

mon sein, pour être naissant, n'en devoit pas moins jeter bientôt le poison
le plus dangereux sur toutes les actions
de ma vie.

CHAPITRE III.

Départ de M. Lorwey ; ma jeunesse ;
mon mariage ; mort prématurée de
madame de Sélicourt ; mon arrivée
dans la capitale.

Plusieurs années s'écoulèrent sans
qu'il se présentât absolument rien de
remarquable dans leur cours, si ce
n'est ma passion favorite pour le jeu,
qui devenoit de jour en jour un véritable volcan dans mon sein. Mes fougueux et fréquens écarts étoient autant
de coups portés à l'extrême sensibilité
de madame de Sélicourt, que de brêches faites furtivement à ma fortune :
ces démangeaisons de jouer enfin, si je
puis m'exprimer ainsi, me dévoroient
jour et nuit ; je m'échappois souvent
avec une secrète impétuosité pour
aller faire des sacrifices dans tous les

temples où la fortune avoit établi son culte impie sous les noms séducteurs de pharaon, roulette, trente et quarante, etc. Dans ces ruineuses bacchanales, où mon or, au lieu de libations, étoit répandu avec profusion, j'ai invoqué mille fois la foudre céleste d'abîmer le prêtre, autrement dit le banquier, l'autel et ses insensés et fanatiques sacrificateurs ! . . . . Que dirois-je ! tout en me consumant en imprécations, je ne laissois pas de jouer toujours. Par la suite, dans certains voyages qu'on me fit faire chez l'étranger pour achever mon éducation, j'y contractai des dettes scandaleuses ; je fis ces dangereuses excursions trop commodes pour ma passion chérie, sous les auspices trop indulgens d'un nouveau précepteur, dont l'existence ici, par son espèce de nullité, n'inspireroit aucun intérêt : qu'il suffise d'apprendre que M. Lorwey, dont l'austérité et le zèle si mal recompensés d'ailleurs , avoient déplu à ma mère, fut injustement remercié sur de légers prétextes. Aidé de quelques amis et de mon valet de chambre, homme plein d'esprit d'intrigue, je sus si bien faire jouer les rapports calomnieux, les dénonciations insidieuses et perfides auprès de madame de Sélicourt, qu'il auroit de son propre mouvement aban- donné un poste que l'injustice devoit lui avoir rendu insupportable ; que l'on y ajoute ensuite le déplaisir des morti- fications et des mauvais procédés qu'il avoit à souffrir de son élève, et on con- cevra sans difficulté les raisons de sa retraite volontaire. M. de Sélicourt lui- même, instruit de ce qui se passoit à ce sujet, fut contrarié de voir l'harmonie altérée dans sa maison ; il le pria donc de se retirer. Toutefois, ce congé fut donné avec toutes les formes qui pou- voient en adoucir l'amertume : présens, remerciemens, lettres de recommanda- tion, rien ne fut épargné de la part de

mon père pour alléger le chagrin non
mérité qu'il causoit à M. Lorwey ; ce
dernier eut ainsi lieu, tout en s'affligeant
sur mon malheureux avenir, et plaignant l'aveuglement de ma famille, de se
louer de la générosité de M. de Sélicourt.

Ce principal frein brisé, n'ayant désormais pour témoins que des con-
fidens et même des complices fort indulgens, je pus bientôt me livrer à
toute la chaleur de ma passion, devenue plus fougueuse par l'effet du joug
même qu'elle avoit long-temps subi ;
enfin je courois à ma perte avec une
ardeur indicible ; mes pensées, mes
songes, toutes mes habitudes furent
frappés des images séduisantes que me
représentoit le jeu ; elles m'étoient délicieuses, sous telles formes qu'elles
m'apparussent : je crois même que, les
pieds dans la vase d'un cachot humide,
je m'y serois complu, si dans cet asile
infect on y eût placé mon idole favorite, la roulette.

On n'aura point de peine à concevoir que je ne manquai pas de contracter cet air taciturne, distrait, préoccu-
pé, si familier aux joueurs de caractère
et de profession ; et, malgré que madame
de Sélicourt se fût souvent enorgueillie
de ma belle figure et de ma riche taille,
avantages dont son aveuglement seul
peut-être vouloit bien me revêtir, je
défigurai et ternis bientôt ces qualités
naturelles par une négligence et un
désordre dans ma toilette, par un
maintien indécent et une tournure libre,
qui, s'ils ne détruisoient pas tout-à-fait
en moi les dons qui constituent le joli
homme, l'assimiloient singulièrement au
mauvais sujet, en lui en donnant toutes
les manières, et m'attiroient fréquemment, de la part de certaines femmes
galantes, cet éloge honteux : « D'honneur, tu as l'air d'un joli scélérat. » On
pouvoit également dire de moi que
j'étois habillé comme le distrait, parois-
sant revêtu préalablement d'un négligé

3

que je me proposois de quitter bientôt
et d'échanger contre un costume plus
décent.

En conséquence de tous ces défauts
évidemment reconnus en moi, et de mes
habitudes vicieuses, toutes les heures
passées sans jouer me paroissoient un
véritable larcin fait au bonheur; et, dans
mon sommeil, je ne dédommageois
mon imagination insensée de ces pri-
vations qu'en semant sur mon lit,
avant de m'endormir, des sixains de
cartes, sur lesquelles j'avois étudié toutes
les chances possibles; ensuite des systèmes d'empiriques dans l'art meurtrier
de jouer, qui n'enseignoient, en ré-
sumé, que la manière de se ruiner avec
méthode plus ou moins promptement.
Ma bibliothèque étoit infestée de ces
ridicules brochures, ainsi que de ces
combinaisons avec de petites figures
sur les intermittences bizarres de la
rouge et de la noire : voilà cependant
quels étoient les uniques mobiles de

mes folles rêveries et mes véritables dieux pénates ! !...

O joueurs de profession, cabalistes superstitieux, martingalistes flegmatiques ! et vous, banquiers, inspecteurs, croupiers ; sans omettre cette foule de joueurs clandestins, honteux, de ces jeunes gens de famille qui se consument à petit feu, sans audace comme sans calcul, ardens dans la perte, timides dans le gain, qui alimentent les ateliers infernaux du jeu du tribut périodique des revenus de leur fortune patrimoniale, de la vente ruineuse de leurs bijoux ou effets, des avances usuraires des maisons de prêts..... n'abjurerez-vous jamais vos cruelles erreurs !.. Consentirez-vous enfin à ce que j'arrache d'une main expérimentée le bandeau qui couvre vos yeux......? Votre fatale passion ne perdra-t-elle jamais ses prestiges trompeurs de vos sens séduits, malgré que je m'offre sans cesse à vous comme une victime dont les plaies sont

encore toutes récentes?... Mais le lan-
gage de la raison, comme à moi, vous
est devenu étranger; vous caresserez
toujours vos idées aussi ridicules que
superstitieuses, idées que vous ne vou-
lez jamais écarter; et à peine si la violence et la force parviendroient à vous
arracher du théâtre de votre ruine....

Et vous, escrocs subtils, trop souvent le cortége ordinaire du joueur,
déjà condamnés par l'opinion des honnêtes gens, qui êtes placés comme en
équilibre entre la liberté et les fers, et
ne devez la première qu'à votre as-
tuce à éluder les lois; vous qui, perdus
d'honneur, dérobez, enlevez même,
pour jouer, le mobilier des hôtels où
vous logez; privez, d'une main perfide et infidèle, un ami, une épouse,
une mère, une sœur, une maîtresse,
un étranger même, de ses bijoux les
plus précieux, et savourez vos turpitudes à longs traits, sans pudeur comme
sans remords!.. De sages institutions,

en rendant vos bras oisifs et vos mains criminelles à d'utiles travaux, ne purgeront-elles jamais la société de votre présence et de votre exemple corrupteur !...

Il est temps, après cette apostrophe dont maint lecteur pourra tirer quelque application de morale, de recourir aux faits.

Dans le deuxième chapitre, nous avons laissé madame de Sélicourt convaincue de ma prétendue innocence sous le rapport des fautes dont on m'inculpoit. Combien ses yeux avoient été dessillés dans mon absence, lors des différens voyages que j'avois faits ! il lui étoit parvenu des rapports anonymes sur mon luxe, mes dissipations, et surtout sur mes pertes scandaleuses à Turin, à Milan, à Florence, à Madrid et à Londres ; mes nombreux créanciers, toujours amusés, et jamais satisfaits, s'étoient en quelque sorte ligués et réunis sous les instigations du pénétrant et ran-

cuneux Lorwey, dont le principal dé-
faut, si nuisible pour moi alors, étoit
de vouloir toujours prouver qu'il avoit
eu raison ; de manière que si ce n'étoient
mes créanciers eux-mêmes qui paroissoient, c'étoient leurs avis perfides
donnés à ma famille, qui me dénon-
coient comme un joueur forcené, perdu
de dettes et d'honneur.

Madame de Sélicourt, lors de mon
retour à Montpellier, ma patrie, recon-
nut donc trop tard son injustice et son
ingratitude envers mon premier précepteur ; elle ne se convainquit que trop
que ses premiers soupçons à mon égard
devoient se changer en de douloureuses
et affligeantes certitudes, et que, par les
récits qu'elle recueilloit de toutes parts,
il étoit bien avéré que mon enfance,
mon adolescence et ma jeunesse, pour
ainsi dire dérobées à sa vigilance, ne
formoient qu'une histoire, celle du jeu,
et n'avoient qu'un théâtre, celui des
maisons consacrées à cette dangereuse

occupation ; maisons dans lesquelles j'é-
tois déjà connu , ainsi que dans diverses
parties de l'Europe , comme un Franc-
maçon , chargé de diplômes et de digni-
tés , l'est dans les principales loges. Enfin ma mère m'apprit que trop claire-
ment , par tous les comptes qu'elle se fit
rendre , que mes champs de bataille favoris , où ma fortune avoit déjà reçu tant
d'atteintes , n'étoient que les maisons de
jeux de Spa , d'Aix-la-Chapelle , Vienne
et Bordeaux.

A quoi servent les reproches , les
récriminations , les conseils en pareil
cas ?.... Comment redresser un ar-
buste , déjà assez vigoureux par l'âge ,
qui a pris une fausse direction ? C'est
tout au plus si l'on parvient à prévenir
ou à retarder sa chute par quelque sou-
tien artificiel. Madame de Sélicourt n'en-
treprit donc rien , ou du moins fort peu
de chose pour arrêter mes désordres ,
et chercher à déraciner en moi ce qui
composoit comme ma propre essence ;

elle prévit à cet égard, avec justesse, qu'elle ne feroit que d'inutiles tentatives; mais, profondément affligée de n'avoir élevé et caressé qu'un monstre, elle en devint inconsolable et perdit insensiblement la santé et la vie dans un état de langueur dont mon inconduite et mes funestes habitudes étoient la cause criminelle. Les dernières paroles qu'elle prononça à son lit de mort sont sans cesse présentes à mon esprit, et resteront à jamais gravées dans ma mémoire. « Va, « fils ingrat et dénaturé, me dit-elle, tu « ne manqueras pas de dissiper les « biens que je te laisse, ce sont de nou- « veaux alimens que ma mort fournira « à ta frénésie; mais ces mêmes biens « une fois et bientôt dissipés, tu cher- « cheras des ressources dans la mau- « vaise foi et la bassesse, et tu désho- « noreras une famille qui te lègue deux « siècles de noblesse et d'une réputa- « tion sans tache. » Elle acheva ces der- niers mots avec une sorte d'énergie;

mais bientôt, s'attendrissant elle-même
à l'aspect des pleurs et des sanglots qui
me suffoquoient : « Viens, s'écria-t-elle,
« viens, mon fils, recevoir mon dernier
« baiser ; et fais serment, ici même,
« sur ma dépouille mortelle, de cesser
« de jouer. » Je lui promis tout ; mon
cœur ému se méconnut lui-même ; l'at-
tendrissement, la scène imposante où
je me trouvois engagé, m'empêchè-
rent de réfléchir alors que je devien-
drois bientôt coupable du double crime
d'un sacrilége et d'un parjure. Les pro-
testations solennelles que je fis donc à
madame de Sélicourt répandirent quelque douceur sur ses derniers momens,
qui terminèrent bientôt une scène aussi
touchante.

Le lecteur sensible établit peut-être
la supposition trop honorable pour moi,
que, fils devenu repentant et affligé,
après cette promesse sacrée, je ne pus
de long-temps tarir la source de mes regrets et de mes larmes sur la perte pré-

maturée d'une mère aussi digne d'être
chérie, et que je faisois moi-même descendre au tombeau presque à la fleur de
son âge.... — Quelle erreur est la sienne ;
qu'il connoît peu le cœur d'un joueur-
né, et combien il applaudiroit à tort
une vertu que je n'eus jamais !.....

Dans ma barbare indifférence, dans
ma cruelle légèreté, je ne vis, par ce
funeste événement, que l'avantage d'un
degré de liberté de plus, et l'accroissement de ma fortune, conséquemment l'extension et le libre exercice
de mes passions favorites. Si je feignis quelque temps, en présence de
mon père, une sorte de recueillement
et d'amendement, ce fut pour faire accé-
lérer la conclusion d'une alliance qu'on
m'avoit déjà proposée avec une jeune
héritière fort riche ; je sentois la nécessité de faire croire en moi à un véritable changement de conduite, et que la
mort de madame de Sélicourt avoit
opéré cette heureuse révolution dans

mon esprit. Je ne pouvois trop activer,
à la satisfaction de mes desseins crimi-
nels, les approches de ce bienfaisant
hyménée qui alloit me rendre maître
absolu de moi-même et de mon bien, ou
du moins d'une légitime considérable,
comme fils unique ; je jouai donc le repentir et la sagesse quelque temps ; mon
valet de chambre Labassette me secon-
da parfaitement, en publiant partout la
réforme édifiante de mes mœurs ; mon
précepteur, comme témoin oculaire ga-
gné par mes largesses, devint mon panégyriste ; partout enfin, dans les cer-
cles, à la ville, au château, dans mes
terres, il n'étoit autre bruit que la régularité de ma nouvelle vie, l'emploi généreux que je faisois de mes épargnes,
et l'on n'attendoit plus, comme quelquefois mon père le disoit en riant, qu'un
degré de plus de sainteté pour me faire
canoniser par la cour de Rome.

Ma principale fourberie consistoit
dans mes faux airs de tristesse et de

profonde affliction sur le trépas d'une
mère idolâtrée ; en cela, je flattois la
douleur de M. de Sélicourt qui en paroissoit chaque jour de plus en plus inconsolable. Enfin, quand le temps exigé
par les convenances et l'usage pour le
deuil fut écoulé, et que celui de ma
majorité, étant expiré, me permit de se-
couer tout préjugé et toute entrave importune ; débarrassé alors de toute espèce de pédant ou de censeur, unique
héritier d'un nom qui s'éteignoit avec
moi, et dont l'orgueil paternel, ainsi
que l'honneur dû à la mémoire de mes
ancêtres, exigeoient la perpétuité ; après
avoir enfin triomphé de tous les obstacles, je reçus la main d'une femme qui,
malgré les avantages dont s'étoient plu
à l'embellir la nature, le rang et l'éducation, ne me parut vraiment belle que
du côté de ses richesses et des nouveaux
alimens qu'elles alloient fournir au
monstre destructeur que je portois dans
mon sein. Jusqu'alors cet ennemi de

moi-même s'étoit contenté de l'or soustrait à la crédulité de mes parens : bientôt à peine si je parvins à le calmer,
en lui faisant engloutir des maisons,
des pierres précieuses, des diamans,
des terres, des châteaux, et jusqu'à mes
propres vêtemens, ainsi que ceux de
mon épouse et de mes enfans..... Ce
vampire insatiable auroit, je crois, absorbé des royaumes, des empires.... ce
qui, dit-on, lui est arrivé quelquefois.

Ceux qui sont curieux de descrip-
tions de noces, de repas, de bals et de
fêtes, ne les trouveront pas dans ces
feuilles, qui ne sont en quelque sorte
que les archives du jeu; je me bornerai à
dire qu'il y eut (on ne peut en douter) des
salles consacrées à recevoir des tables
de jeux de toute espèce; mais, fidèle au
plan d'hypocrisie que je n'avois pas ju-
gé devoir encore quitter, je ne jouai
qu'en amateur indifférent, et en homme
qui consent à suspendre quelques momens l'exercice de ses goûts les plus

4

chers, dans l'attente flatteuse de pouvoir bientôt s'y livrer sans réserve.

Quel homme ! quel époux ! donnoit-
on à mademoiselle Élisa de Mésanges !...
(c'étoit ainsi que se nommoit la victime) s'écriera plus d'un lecteur : que
voulez-vous, son horoscope en avoit
ordonné ainsi ; et, innocente comme les
jeunes vierges victimes d'une vocation
irréfléchie, elle devoit être sacrifiée,
elle, sa fortune, ses enfans, sur les autels destructeurs que j'encensois... Mais
n'anticipons pas sur les événemens, et
faisons connoître avec ordre le récit
exact de mes égaremens et de mes
cruautés envers les miens, sans en faire
perdre la moindre particularité au public : puisse-t-il y puiser des motifs de sé-
rieuses réflexions, des leçons de sagesse et des sujets de repentir ! Plaise à
Dieu, dis-je, que mon exemple particulier jouisse de l'avantage de faire resserrer les limites du champ trop vaste
des passions ruineuses !.... Je ne puis

plus rien pour ma propre félicité : que la peinture de mes désastres devienne du moins pour autrui un acheminement à quelque amélioration , principalement pour ceux qui peuvent encore s'arrêter sur les bords de l'abîme.

Je suis donc devenu maître d'une fortune immense ; celle de ma femme étoit naturellement à mon entière disposition ; l'aurois-je respectée , moi qui étois depuis long-temps le dissipateur incorrigible de mon propre bien ? Cependant, M. de Sélicourt me gênoit par son voisinage , et, malgré que j'eusse monté une maison assez éloignée de la sienne peu de temps après mon mariage, je me trouvois encore trop sous ses yeux et sous sa surveillance immédiate. Dans cette situation , je ne pouvois me livrer sans contrainte à mon élément favori ; de plus, les sociétés fort équivoques dont je m'entourois autrefois et que j'avois écartées pour le seul temps nécessaire à mon rôle de tartuffe, reparoissoient, se rapprochoient insensiblement de ma nouvelle demeure : de même qu'une troupe d'hommes sans aveu , d'abord dispersés par la police , se rassemblent bientôt quelques heures après, de nuit, et dans un rendez-vous convenu entre eux ; l'exactitude malfaisante de ces messieurs à cultiver la société de leur émule pouvoit en outre me rendre suspect aux yeux d'Élisa , et je ne m'étois pas dépouillé de toute pudeur, au point d'oser lever tout-à-fait le masque devant elle , près de sa famille , et à Montpellier encore , au mépris de l'opinion de tous mes compatriotes. J'avois beau recommander à ces chevaliers d'industrie de composer leurs visages, leurs manières, de paroître hommes de société et de bon ton , *et de laisser le joueur à la porte ,* comme un acteur, après son rôle rempli, se dépouille de son costume de théâtre : vaines représentations ! Toutes ces figures de joueurs ont, d'ailleurs , quelque chose de ténébreux , de louche qui se trahit et déplaît au premier aspect : je voulois bien me ruiner, moi, ma femme et tous ceux qui auroient l'imprudence de s'agréger à moi, mais javois encore un reste de délicatesse et de crainte ; le décorum surtout que j'avois à garder vis-à-vis des deux familles me portoit à leur cacher soigneusement, ainsi qu'à Élisa, dans quels ignobles entourages je prenois plaisir à savourer et à contempler en quelque sorte la source, ainsi que les vils artisans de mon prochain désastre ; enfin ma conscience ne pouvoit pas moins que de confesser tacitement que j'étois un infâme, ainsi que tous mes chers prosélytes.

« Si l'aveu n'est pas flatteur, il est « du moins sincère. »

Charmante Élisa, si le supplice que ma conscience me fait éprouver maintenant ; si mes larmes, mon repentir, ma vie même pouvoient te rendre à la vie, quel doux sacrifice pour ton cou-

pable époux !..... Quel bonheur de pouvoir racheter mes fautes à un pareil
prix ! Reçois, victime angélique, mes
pleurs expiatoires : ma plus douce espérance est d'aller bientôt unir ma dépouille flétrie à ta dépouille sacrée.

Que l'on me permette de payer cette
foible offrande à la mémoire de la plus
digne des femmes, à la vertu même :
j'éviterai cependant, le plus que je pour-
rai, les tableaux sombres et d'en noir-
cir l'imagination de mon lecteur ; si je
puis même parfois lui inspirer quelque
intérêt sous le voile de l'enjoûment et
de la plaisanterie, je ne manquerai pas,
autant que les faits l'admettront, d'en
répandre dans cet ouvrage, pour en
bannir la monotonie.

Faisons connoître maintenant le dessein secret que j'avois conçu de m'iso-
ler entièrement de mes surveillans naturels, tels que mon père, les parens
de ma femme, et d'éviter tout le témoignage d'une ville de province où l'oisi-

veté et la malignité ne sont que trop habiles à divulguer les écarts d'un voisin :
que falloit-il faire, et quels moyens em-
ployai-je pour briser les chaînes dont
tant de convenances m'avoient chargé?
— ceux que l'on va voir et qui me réus-
sirent.

Je suggérai d'abord à ma femme,
jeune et inexpérimentée, l'idée d'aller
voir la capitale, où ses charmes, ajoutai-je, avec une galanterie enjouée, ne
pouvoient manquer d'être admirés et
où mon amour ne pourroit que s'enor-
gueillir d'en être l'heureux possesseur.
Une fois placé sur ce grand théâtre, je
prenois mon essor avec le rôle que la
nature m'avoit, pour ainsi dire, assigné.

Élisa, en conséquence des idées de
plaisir et de brillante toilette que j'avois
fait fermenter dans sa jeune cervelle,
tourmenta bientôt ses parens pour en
obtenir leur agrément sur le projet de
ce voyage ; de mon côté, je fis jouer tous
les ressorts nécessaires pour parvenir à

mon but ; et , moitié consentement ,
moitié improbation de la part de mon
père, nous partîmes pour Paris dans tout
l'appareil d'un luxe et d'un train con-
formes à notre fortune. M. de Sélicourt
avoit été le seul qui se fût opposé avec
chaleur à cette absence de ses chers enfans , de ses aimables consolateurs , suivant son expression. Il craignoit , disoit-
il , le réveil de mes anciennes inclinations , qui , selon lui encore , n'étoient
qu'assoupies et point du tout détruites.
Je traitai ces idées de pures chimères ,
et , sans m'écarter du respect que je lui
devois , je lui fis observer que ses inquiétudes , déplacées à cet égard , n'a-
voient aucun fondement , pour peu que
l'on jetât les yeux sur le mérite de ma
belle Élisa ; ensuite alléguant les raisons de la secrète mélancolie que je
nourrissois depuis la perte de ma mère,
il cessa de m'arrêter , pour l'intérêt même de ma parfaite guérison.

La petite vanité de mon épouse fut

fort éloignée de blâmer l'équipage brillant dans lequel nous partîmes : ne falloit-il pas semer de roses le chemin de
sa ruine ?..... Et combien la pru-
dence et la vertu même du sexe chan-
cellent, lorsque nous savons habilement fasciner leurs yeux par les prestiges de la coquetterie et l'éclat de l'os-
tentation !.....

· Nous entreprîmes le voyage dans une
riche calèche ; mon valet de chambre
avoit une place sur le siége de devant ; pour le reste de nos gens, ils oc-
cupoient une chaise de poste qui sui-
voit immédiatement notre voiture. La
modestie, la grâce de ma belle Elisa,
n'avoient point d'égale ; elle étoit dans
toute sa pureté, dans toute sa fraîcheur ;
c'étoit le pur calice d'un bouton de rose
que le souffle du vice alloit flétrir ; moi-
même je devois faner cette belle fleur ;
cet ouvrage m'étoit réservé et étoit bien
digne de mes mains. Pour porter les premières atteintes à sa candeur et à sa sim-

plicité , je débutai, avec le plus grand
succès (on le croira sans peine), à lui
faire contracter le goût de la dissipation,
de la dépense et du luxe : tous les torts
qu'elle a eus m'appartiennent ; qu'on se
garde bien de vouloir me frustrer de
cette flatteuse propriété.

Lors de notre départ de Montpellier,
sa beauté brilloit du plus grand éclat :
la parure recherchée d'un costume de
voyage ajoutoit encore à ses charmes
naturels, et par-fois je ne pus m'empêcher de ressentir une espèce d'enthousiasme en la contemplant. En admirant
Elisa, je disois en moi-même avec un
sentiment d'amertume et de regret :
« Si je n'étois joueur-né, je serois non-
« seulement son époux, mais pour tou-
« jours son amant. » Pourquoi faut-il
qu'une passion rivale, ou plutôt exclusive, détruise dans mon cœur un empire qu'un si charmant objet devoit y
conserver sans partage !..... Je ferai
connoître une particularité qui, en don-

nant la mesure de son amabilité et de son excessive complaisance, contribua peut-être plus que tous ses attraits à me la faire trouver adorable. J'avois fait pratiquer par un habile ébéniste, sur le devant de la calèche, une sorte de secrétaire à cylindre, d'abord destiné à écrire en voyage; mais bientôt mes idées, que je crus alors fort lumineuses, puisqu'elles flattoient le plus mes goûts, me suggérèrent le projet de métamorphoser ce bureau inutile en une petite roulette mobile avec tous ses accessoires. L'artiste ingénieux exécuta habilement les desseins de mon prétendu génie créateur; je lui fis sentir d'ailleurs combien il étoit cruel de passer tant d'heures précieuses sans les consacrer au jeu. Par-là j'utilisois le temps toujours perdu de la route. Elisa, mise au fait, s'en égaya beaucoup et consentit facilement à se laisser initier dans les mystères de la machine mouvante ; elle permit que mon valet de chambre, qui n'avoit qu'à se tourner un peu de côté, en baissant la glace, devînt un troisième ponte, et nous créâmes, sans craindre aucune surprise importune, une petite succursale ambulante du N.° 113, qui me revêtoit de la triple qualité de prête-fonds, de banquier et de joueur. J'étois donc dans l'enchantement. C'est peut-être pour cette unique raison qu'Elisa, se prêtant à mes manies et contribuant à mes délassemens les plus doux, me paroissoit si agréable; je laisse au lecteur à donner la solution de ce point de métaphysique, et je le dispense de me la communiquer, car, tout bien considéré, je crains beaucoup qu'elle ne soit pas en mon honneur.

Il ne faut qu'un trait à un connoisseur habile pour définir le caractère de quelqu'un : mais il falloit plus de temps à mon épouse, jeune et sans connoissance du monde, pour pénétrer dans les replis de mon cœur; toutefois, elle n'eut que trop de preuves, par mes entêtemens ridi-

cules de jeux qui revenoient sans cesse
et empruntoient toutes sortes de formes,
surtout dans les villes où nous fîmes
séjour, ainsi que par la conduite et les
réflexions de mes propres valets, pour
se convaincre qu'elle voyageoit avec un
joueur de vielle date, et que l'unique
perspective que je plaçois devant ses
yeux, présentoit le dénouement tragique d'une ruine infaillible et très-pro-
chaine.......— Hélas ! ses soupçons ne
furent que trop réalisés par la suite !...
Mais sa bonté naturelle paroissoit toujours s'appliquer à pallier tous mes torts.
Arrivés dans Paris par le chemin de
Versailles......... Mais je m'aper-
çois que j'ai déjà dépassé les bornes que
je métois prescrites dans le commencement de ce chapitre ; laissons donc à
nos lecteurs quelques momens de répit ;
par exemple, aux mères de famille, le
temps de réfléchir ici sur les moyens
qu'elles pourroient employer pour ramener un fils sans conduite et dont les

5

défauts eussent quelque analogie avec les miens; aux jeunes femmes, le loisir d'examiner de quelle manière elles s'y prendront pour briser tout commerce avec quelque joueur que mes foibles pinceaux auroient rendu, à juste titre, trop dangereux à leurs yeux; et enfin donnons le temps aux critiques de répandre à flots le fiel sur mes foibles écrits. Je laisserai donc la carrière que j'ai à fournir, pour remplir le chapitre suivant.

CHAPITRE IV.

L'hôtel que je choisis à Paris. Mon luxe effréné. Les connoissances que j'y fis et que j'y donnai à Elisa. L'abandon avec lequel je me livrai au jeu. Ses suites déplorables, et Episodes particuliers.

Nous descendîmes à l'hôtel des Princes, rue de Richelieu, hôtel qui nous avoit été indiqué par des personnes de Montpellier, très-familières avec les mœurs et les habitudes de la capitale. On croira facilement que notre antichambre fût bientôt remplie d'une foule d'artistes dans tous les genres, tels que modistes, coiffeurs, tailleurs, bottiers, dentistes, pédicures, tous gens se disant les premiers, par brevet d'invention, dans leur art, et d'ailleurs leurs propres panégyristes dans des cartes et

des prospectus dont ils emplirent provisoirement les poches de mon valet de
chambre.

Le dentiste se désoloit de me voir
ainsi qu'à ma femme, de si belles dents :
il faut jouer de malheur, s'écrioit-il ;
pas une dent à poser et encore moins à
arracher. Figurez-vous qu'à l'entendre,
la nature n'étoit que très-imparfaite à
côté de son art ; ses dents d'émail, ses
rateliers entiers se jouoient de tous les
outrages du temps, et il prétendoit vous
faire convenir, dans sa ridicule jactance,
que l'enfance serait plus heureuse de
recevoir une dentelure fabriquée dans
ses ateliers que des mains capricieuses
de la nature, qui ne faisoit cette sorte de
présens qu'après beaucoup de larmes et
de cris. Pour achever de captiver notre
admiration, il découvrit une figure de
cire à laquelle il fit opérer, par un mécanisme secret, l'acte physiologique de
la mastication. En effet, Elisa, invitée
à présenter quelques dragées à cette

poupée, elles furent broyées par deux
rateliers artificiels parfaitement orga-
nisés. Nous le congédiâmes, en le priant
de revenir dans une trentaine d'années,
époque à laquelle son ministère nous
seroit probablement plus précieux.

Le coiffeur qui parvint jusqu'à moi,
et qui, avant d'entrer, affecta de parler
à son cocher à haute voix, regretta vivement que je ne fusse pas complètement chauve, pour que je pusse juger
par ma propre expérience de la perfec-
tion de ses perruques à cylindres, à
raies de chair et à coups de vent : quel
dommage encore que vos cheveux ou
vos favoris ne soient pas blanchis par
une vieillesse prématurée, je vous aurois épilé ou teint, sans qu'il y parût en
la moindre chose.

Le pédicure formoit des souhaits à
peu près aussi charitables. Quel contre-
temps, monsieur, que vos pieds ne vous
fassent pas souffrir des douleurs inouies !
qu'ils ne soient pas surchargés de su-

perfétations , de cors et de durillons ! je fais le pied net et sain avec la plus, grande dextérité. Et également le pied-plat, ajouta à demi-mot mon valet de chambre.

Quant au tailleur , aussi généreux , il m'auroit souhaité le physique du plus, difforme des hommes, pour être à même de me prouver qu'il peut triompher de tous ces jeux de la nature , et me montrer avec quel art il savoit dissimuler une cavité ou une protubérance indiscrètes ; qu'il n'étoit pas enfin de formes qu'il ne modelât et n'imitât à son gré avec sa ouate et ses élastiques , et enfin qu'il étoit désespéré de me voir si bien fait : c'étoit là du moins le sens de ses discours.

Mon épouse, de son côté, étoit devenue l'objet des mêmes regrets et des mêmes motifs d'affliction : le parfumeur se trouvoit ruiné près d'elle ; les lys et les roses dont son teint seul offroit le charmant mélange, ne devoient point du tout leur éclat aux effets imposteurs, du lait virginal. Conséquemment, point de fraîcheur artificielle à commander, ni à payer à grands frais. La modiste, la couturière, loin d'avoir à *suppléer*, ou à dissimuler, trouvant partout dans Elisa, la grâce, la beauté, unies à l'élégance et à un juste embonpoint, n'y voyoient pas à grossir leurs mémoires des frais de tous ces appas postiches que l'amour-propre et la coquetterie paient furtivement au poids de l'or et souvent aux dépens de celui qui en est la dupe passionnée. A cette troupe de charlatans ruineux, succéda un autre genre de parasites ; c'étoit, par exemple, un poëte qui demanda la permission de s'informer de moi si les muses du Languedoc, ma patrie, avaient fait l'épithalame d'un aussi beau couple, car il remarqua, avec un air d'importance et de pénétration, qu'Elisa et moi étions nouvellement mariés : un autre officieux se disoit mathématicien, algébriste,

chimiste , entomologiste , alchimiste ,
cabaliste , et enfin tous les *istes* possibles ; il me dit aussi être le compositeur
unique d'une table écrite avec l'encre
sympathique, et d'après la science exacte
de l'algèbre , dont le plus rapide aperçu
pouvoit mettre un joueur en état de
faire sauter toutes les banques présentes et à venir , aussi lestement qu'il
se piquoit de faire sauter la coupe.

A cette déclaration qui chatouilloit si
agréablement mon oreille , je redoublai
d'attention , et lui répondis par un sourire qui fit naître aussitôt un sentiment
de jalousie et de dédain que j'aperçus
sur le visage de tous les autres artistes ;
je m'empressai donc , au grand déplaisir de madame de Sélicourt , de remettre
au lendemain les audiences de ces derniers , pour me livrer , pieds et mains
liés , aux séductions et au charlatanisme de cet escroc imposteur qui m'ap-
parut alors comme un rare professeur,
ou plutôt comme un véritable législa-

teur dans l'art de jouer, et devoit m'aider à faire trembler sous ses auspices et son égide, tous les prête-fonds et banques de la capitale.

C'est alors que je me dis à moi-même, que je n'étois qu'un profane; je savourois donc par avance le bonheur d'être initié; je méprisai comme des écoles tous les faits de ma vie passée, principalement comme joueur : je confessois tout bas que mes voyages ne m'avoient nullement formé, et je me maudissois moi-même de ne pas être accouru plutôt à Paris, centre et berceau de toutes les connoissances humaines : de même qu'un disciple de Socrate ou de Zénon, eût regretté amèrement tout le temps passé loin de leurs illustres académies. Mon nouveau professeur ne se disoit-il pas d'ailleurs un fin académicien ? . . . Le jeu des loteries de toute espèce étoit de sa compétence, et s'il n'y jouoit pas, c'est par la persuasion où il étoit, que le gouvernement l'emprisonneroit comme

devin ou sorcier, et finiroit peut-être
par le traiter comme on jugeoit les juifs
au tribunal de l'inquisition à Madrid.
Mon fanatisme stupide buvoit cependant à longs traits dans cette coupe
empoisonnée ! . . . . . . Aux qualités
rares, aux faits merveilleux dont cet
homme s'annonçoit comme le héros et
à-la-fois le panégyriste, s'y joignoient
encore beaucoup d'autres ; c'étoit monsieur *tout-à-tout* ; il possédoit son Paris
autant que Mercier prouve, dans son
Tableau ; qu'il le connaissoit lui-même ;
il voulut donc, comme un homme qui
se pique d'obliger les gens, en quelque
sorte malgré eux, se charger lui-même
de la location de nos loges à divers
théâtres, de celle d'un autre hôtel plus
convenable à notre fortune ; il prétendit
de plus me servir de guide dans les
maisons pour lesquelles ma famille m'a-
voit donné sans doute, présumoit-il,
des lettres de recommandation ; et enfin
il faisoit son unique affaire de l'achat

de nos meubles , de nos chevaux , de
nos voitures : son unique intention , ré-
pétoit-il à satiété , étoit de rendre service aux étrangers , et de les garantir
de l'approche d'une foule de fins entre-
metteurs , d'ailleurs fort lestes à s'emparer des voyageurs et d'en faire leurs
sots tributaires. . . . . . — Quel degré
d'abjection dans cet homme , que le jeu
et toutes les bassesses auxquelles il con-
duit. incessamment , avoient entièrement dégradé ! . . . . A-t-il jamais pensé
s'acquérir des droits à ma reconnois-
sance , en devenant un des plus actifs
moteurs de mes désastres ? . . . . La part
qu'il a eue à quelques années de ma vie
de Paris , mérite bien que je lui fasse
lier plus amplement connoissance avec
le lecteur , sous les traits d'une caricature , les seuls sous lesquels ma juste
gratitude envers ses généreux procédés
à mon égard , doive l'offrir ici ; ce n'est
pas montrer un esprit fort vindicatif ,
si l'on considère de combien d'infamies

il s'étoit rendu coupable par la suite envers moi.

M. Biribi-Hony (c'étoit ainsi que mon valet-de-chambre l'avoit surnommé, peut-être à cause de son affinité avec ce jeu, car son vrai nom étoit Virbandini, mais le premier lui resta dans le cours de mes folies); M. Biribihony donc, homme de 45 à 48 ans, italien de nation, ayant les doigts décharnés et à-la-fois on ne peut plus flexibles, étoit d'une maigreur qui approchoit du marasme; le goût particulier qu'il avoit pour le costume noir, n'eût pas été le mien à sa place, car cette couleur produisoit sur sa charpente ostéologique, lorsqu'il étoit revêtu de cet habit sérieux, l'effet de l'apparition d'un fantôme ambulant; ses traits étoient fins, il est vrai, mais de cette finesse sœur de la duplicité et de l'escroquerie; sa perruque laissoit un vide sensible entre son chef et elle; et c'étoit cependant cet ornement postiche

qu'il avoit su rendre comme le petit re-
paire de ses innocens moyens, pour
corriger la fortune lorsqu'elle lui étoit
devenue marâtre; il savoit y cacher
avec beaucoup d'adresse, comme je
l'ai surpris moi-même dans maintes occasions, des brelans carrés tout prêts,
des dés pipés, et des parties de jeux de
cartes arrangées. Les cartes cessoient-
elles de le favoriser, alors Biribi-Hony
prenant l'air de se frotter le front, et
de chercher des idées heureuses dans sa
tête, y trouver effectivement sous sa
perruque un jeu tout prêt et on ne peut
plus favorable, pour le sortir d'embarras, avec un gain certain. Jouant parfaitement au billard, jamais sa queue
en ébène, garnie d'ivoire, ornée de son
chiffre et sous cadenas, ne se séparoit
un moment de lui; de plus elle étoit
sous la garde d'un étui de fer blanc, et
placée dans sa poche de derrière, elle
lui montoit au niveau de l'épaule. Des
crayons, des carnets, des cartes, un

jeu d'échecs portatif, ainsi qu'un jeu de
dames et un loto de sa composition,
remplissoient deux espèces de sacoches
qui battoient alternativement ses jambes
effilées. Pour achever enfin ce croquis,
figurez-vous, cher lecteur, que souvent
il se parait chez moi, lorsqu'il vouloit
faire l'aimable et le plaisant, d'une gi-
becière, telle que celle dont se servent
certains bateleurs des boulevards, et
qu'il tenoit alors remplie de gobelets et
de tout l'attirail propre aux charlatans
de profession, et vous aurez M. Biribi-
Hony trait pour trait.

Est-ce un tel personnage, aussi vil
que facile à démasquer, qui devoit,
aussitôt mon arrivée dans Paris, s'ins-
taller dans ma maison, et bientôt de-
venir auprès de moi ce que Calderone
fut auprès du duc de Lerme ?.... Pourquoi non, si l'on considère mon aveuglement frénétique pour le jeu, et en
général pour tout ce qui se rattachoit
à sa sphère. D'ailleurs, cet homme insi-

dieux et tenace, comme la chenille sur les plus beaux fruits, savoit ramper comme elle ; il s'étoit d'abord lié avec mon valet de chambre, et malgré tous les efforts que j'avois employés quelquefois dans mes momens de réflexions pour rejeter loin de moi ce ver parasite et destructeur, il ne manquoit pas, à force de sinuosités, de revenir insensiblement maître du terrein qu'on lui avoit fait perdre. Combien de fois Elisa me témoigna sa répugnance invincible à sa vue, sans me déguiser, par aucun ménagement, qu'elle ne le considéroit que comme un fripon avéré, indigne de l'empire qu'il avoit pris sur mon esprit et dans l'hôtel où il exerçoit partout une influence très - dangereuse. A cet à propos, il faut instruire le lecteur, qu'en exécution de ses premières propositions, Biribi-Hony avoit arrêté en mon nom un hôtel magnifique, rue du Mont-Blanc, Chaussée d'Antin ; que l'acquisition des meubles et de tout ce

qui doit entrer dans la composition
d'une maison somptueusement montée,
tels que les équipages de chasse, les
voitures à monsieur et à madame, les
chevaux de selle et de carrosse, les habits de livrée, etc., avoit été dirigée par
cet adroit intrigant, qui obtint auprès
de moi, moitié par importunités, moitié par foiblesse de ma part, l'emploi
d'intendant, et fut notre premier intro-
ducteur dans cet asile de l'opulence, du
goût et du faste.

J'avois bien fait les mêmes remarques
que mon épouse, sur le physique ingrat et certaines turpitudes de cet original qui, par sa ponctuelle exactitude,
principalement aux heures de repas,
s'étoit, de son autorité privée, fondé la
rente d'un couvert à ma table, mais
j'ai déjà dit que Biribi-Hony flattoit singulièrement mes inclinations les plus
chères : c'étoit, selon moi, le phœnix
des ponteurs ; la terreur, si je puis
m'exprimer ainsi, qu'il inspiroit dans

certaines maisons de jeux, me le faisoit
regarder avec un saint respect. Plusieurs
de ces maisons même lui étoient inter-
dites, à cause, disoit-il, de son habileté;
mais j'ai réfléchi depuis que c'étoit sans
doute pour ses escroqueries. Cependant je reçus, dans le commencement
de mes liaisons avec Birihi-Hony, des
preuves de ses heureux systèmes, dans
maintes occurences, soit adresse, soit
hasard, il m'avoit fait gagner des som-
mes considérables; enfin, alors, il me
parut qu'il savoit réduire en une docte
tactique un art que je n'avois encore
manié que sous la direction irréfléchie
et tumultueuse de mes passions. Il est
vrai qu'il ne garantissoit pas de sa
perte, toujours et absolument, un jeune
homme de famille; mais il lui ensei-
gnoit à s'enfoncer lui-même le poi-
gnard dans le sein, suivant des règle-
mens et des principes. Le calcul des
probabilités étoit son plan de prédi-
lection. Il me vint une fois l'envie de

suivre quelques-unes de ses séances,
dont mon argent, je le confesse, faisoit tous les frais ; je tâchai comme
lui de fixer la versatilité du jeu et des
conjectures trompeuses : mais les seuls
résultats furent, chaque fois, la perte
de quelques centaines de louis qu'il
n'étoit que trop *probable* que je ne re-
gagnerois jamais par le calcul des *probabilités*.

Définitivement installés dans notre
nouvel hôtel, Chaussée d'Antin, nous
commençâmes notre propre ruine,
comme par entreprise ; et dans la supposition que, dans mon propre sexe,
j'eusse pu manquer de l'intervention
d'une quantité suffisante d'intrigans
déhontés, bien disposés à m'y aider,
ma femme séduite et étourdie par le
luxe, et jugeant de mes richesses par ma
facilité à les dissiper, appela comme à
son secours d'autre intrigantes dont
l'excessive coquetterie et les mauvaises
mœurs répandirent un désordre com-

plet chez moi ; il s'en trouva même
parmi elles quelques-unes qui, cou-
vertes du mépris public, n'étoient plus
admises que dans des tripots honteux :
enfin mon hôtel devint en peu de temps
une espèce de Gymnase où des athlètes
des deux sexes paroissoient lutter à
qui joueroit avec le plus d'acharnement.
Le salon offroit à toute heure une
bouillote en permanence, une roulette,
un craps, flanqués d'un wisk, de trois
tables de piquet, de tric-trac et d'échecs,
d'une taille de trente-un, et enfin d'un
passi-dix tenu par quelques officiers
de hussards qui aimoient à se ruiner
mutuellement d'une manière leste et
expéditive.

L'on ne fera pas difficulté de croire
que tout ce que nous avions acheté en
province, tels que diamans, habits, etc.,
fut trouvé mauvais, détestable, *horreur*,
par nos élégantes de la capitale ; les
plumes, les chapeaux d'Elisa sentoient
la province : il fallut donc, d'après les

avis d'un conseil et d'un aréopage si
recommendables, agir comme si nous
étions arrivés nus à Paris, refondre ou
plutôt recréer notre garde-robe, et
perdre deux cents pour cent sur des
bijoux de famille qui auroient dû nous
être doublement chers par le souvenir
des personnes respectables qui les
avoient portés. Mon épouse acheva donc
de corrompre complétement ses qualités
naturelles, en contractant des goûts,
dont, peu de temps avant, elle n'avoit
pas même conçu l'idée. De nouveaux
joueurs attirés par les dépenses et l'éclat
indiscret d'un nouveaux débarqué aussi
novice qu'ardent, vinrent bientôt grossir cette première assemblée de vam-
pires, et excitant de toutes parts le feu
d'une passion déjà trop emflammée en
moi, ils commencèrent l'écroulement
inévitable de ma fortune.

On jouoit chez mon suisse, on jouoit
dans les caves sur les tonneaux de mon
vin; l'on tailloit au sallon; une brisque

figuroit dans l'anti-chambre comme hors
d'œuvre; et enfin le reste de ma valetaille
jouoit dans les mansardes, comme pour
faire une pièce et un coup d'ensemble.
L'on ne se séparoit à quatre heures du
matin, pour ainsi dire, que les larmes
aux yeux, et comme dit fort spirituel-
lement Boileau, dans sa Satire des Femmes, plaignant le malheur de la nature
humaine,

« Qui veut qu'en un sommeil où tout s'ensevelit,
« Tant d'heures, sans jouer, se consument au lit. »

Pour éterniser en quelque sorte des
délices si enivrantes et si économiques
surtout, la table me parut un concilia-
teur aussi séduisant que sûr, pour nous
rendre inséparables et retenir les pontes
par les attraits de la gastronomie. Tel
joueur ou joueuse qui entrait dans
mon académie, congédiait ses gens et
sa voiture comme pour un voyage
d'une durée indéterminée; je tenois
donc table ouverte pour ces parasytes

des deux sexes : ainsi je nourrissoit à grands frais les êtres malfaisans, auteurs de ma ruine, qui, rassassiés de ma cuisine et du produit de mes pertes, s'en alloient gorgés d'or, souvent le fruit de l'arcins et d'infidélités au jeu. Plusieurs années se passèrent dans ce désordre.

Un train de vie si dispendieux ne pouvoit durer long-temps, sans que mes créanciers, dont la foule grossissoit chaque jour, et dont plusieurs étoient déjà munis de prises de corps, tardassent à m'en avertir, en m'arrachant le bandeau dont je m'obstinois à couvrir ma vue.

Un jour, ou plutôt une nuit, qu'outre l'or et les billets que j'avois sur moi, j'avois encore perdu, par l'effet d'un aveuglement et d'une prodigalité inexprimables, cent quatre-vingt-mille francs sur ma parole, Élisa, à mon retour, voulut en vain trouver dans mon air sombre et farouche l'explication d'une si

cruelle énigme ; rebelle à toute observa-
tion, à toute réprimande, telle douce
qu'elle fût, je né lui répondois que par
des vociférations mal étouffées, et quelques monosyllables, il est vrai, assez in-
telligibles pour une épouse depuis long-
temps habituée à de pareilles catastrophes : Élisa pénétra bientôt que la fortune avoit dû m'être fort contraire,
mais elle étoit loin encore de s'imaginer
à quel point; ses craintes n'admettoient
qu'une perte double de celles couran-
tes. . . . . . Que devint-elle, lorsqu'elle
apprit toute l'étendue, ainsi que les
particularités de cette horrible catastrophe ! . . . . . Cependant je lui dois la justice de dire hautement ici que sa douceur angélique ne s'en altéra nullement:
sans aucun murmure amer, elle se bor-
na à se permettre quelques tendres
plaintes : mais il ne s'agit pas ici, chère
Élisa, lui dis-je, de perdre le temps
en de vains regrets ; demain, ce soir
même, il me faut satisfaire à une dette

déjà sacrée où , vous ne l'ignorez pas, le
point d'honneur se trouve plus fortement engagé par le préjugé qu'on y
attache , que dans celles qui y ont un
véritable droit. Après avoir essuyé les
pleurs d'Élisa , et avoir calmé son affliction le mieux que mon propre repentir
me le permettoit, nous concertâmes ensemble divers moyens qui pussent m'aider à sortir d'un si terrible embarras ;
et, toutes nos ressources examinées sous
leurs différentes faces , je la déterminai
enfin à partir pour notre province ,
tandis que je resterois pour faire tête à
l'orage et obtenir un répit de mes créanciers. Je l'autorisai en conséquence,
par des actes juridiques , à vendre en
secret et à réaliser en porte-feuille , le
produit de nos terres, de nos maisons ,
et enfin de tous nos biens ; j'engageai un
homme d'affaires , M. de Vaubigny, à
faire avec elle ce voyage ; il consentit
à accompagner mon épouse , sous la
condition et la recommandation la plus

vive de ma part, d'employer, surtout
vis-à-vis de nos deux familles, autant de
promptitude que de mystère. M. de
Vaubigny, d'une probité rare, d'une intégrité à toute épreuve, sera connu dans
la suite du lecteur, par la générosité et
la délicatesse de ses procédés. Bornons-
nous ici à terminer cette scène douloureuse, je veux dire le départ d'Élisa,
qui emporta mes sermens solennels,
(sermens qui furent violés avec tant
d'irréligion !) de ne pas jouer durant
son absence, et encore moins après son
heureux retour, si ardemment désiré
par son malheureux époux ; elle partit
donc, accompagnée de M. de Vaubigny et de sa femme de chambre.

Sa seconde grossesse, très-avancée,
(car elle m'avoit déjà donné un fils
charmant) ne fut pas un obstacle aux
généreux témoignages de son héroïsme
conjugal ; mais je n'en conçus que de
plus vives inquiétudes sur sa santé. Si
Élisa me confia, en le couvrant de bai-

sers, ce cher fils que ma fureur exclusive pour le jeu m'a empêché jusqu'ici
de faire connoître à mes lecteurs, ce
ne fut qu'après m'avoir fait renouveler
avec plus de solennité et de réflexion
mes promesses d'abjurer toute nouvelle
imprudence en faveur et en considéra-
tion de ce dépôt sacré...... Combien
je fus parjure et criminel envers Élisa,
envers mon fils!.....

La nuit du départ de mon épouse fut
horrible pour mon cœur ulcéré; mes
réflexions venoient en foule m'accuser
au tribunal de ma conscience : quel retour douloureux sur ma conduite passée !..... Non-seulement mes revenus dé-
vorés en un clin d'œil, mais, en peu de
temps et presque à-la-fois, mes capitaux
compromis, entamés, la fortune de mes
enfans engagée, une odieuse mémoire à
leur laisser, et, ajouterai-je, l'intime
conviction que j'avois acquise par l'expérience de ne pouvoir jamais obtenir
aucun relâche de ma passion forcenée

pour le jeu ; j'étois plongé dans ce douloureux monologue, lorsque j'entendis
du bruit autour de l'hôtel, et ensuite des
voitures s'y arrêter.... — Qu'étoit-ce ?
M. Biribi-hony, accompagné de plusieurs de ses complices, qui, ayant
appris par mes gens le départ de mon
épouse, venoit me féliciter de mon veu-
vage, se réjouissant tout haut, avec ses
autres acolytes, de l'heureuse vie de
garçon dont cet événement inattendu alloit me faire jouir ; nous pouvions donc,
ajoutoit-il, nous livrer sans réserve et
sans aucune contrainte, à nos délicieuses
habitudes : il fallut, bon gré malgré, que
je me levasse ; le récit que je leur fis de
ce qui m'étoit si récemment arrivé, l'affliction profonde de mon épouse, ma
résolution qu'elle avoit reçue de re-
connoître ses sacrifices par un prompt
amendement..... rien ne les tou-
cha..... Les barbares ! Ils traitèrent
cette dernière catastrophe du jeu
comme un général d'armée parleroit

d'une simple surprise d'avant-postes , et me présentèrent aussitôt la riante perspective de prendre ma revanche dans une bataille rangée (ce furent leurs propres expressions). On sera promptement persuadé que je ne fus que trop facile à séduire , car , bientôt habillé et comme empressé de leur livrer en moi une victime obéissante , j'ouvris moi-même les jeux , en transformant de nouveau mon hôtel en un véritable tripot , dont mon valet de chambre Labassette fut un des principaux ordonnateurs.

Comment décrirai-je maintenant les anxiétés , les tourmens , les agitations de cette nuit infernale , de cette nuit parricide , où alternativement enrichi et ruiné , et tandis que ma femme étoit partie pour tâcher de réparer mes sottises passées , je travaillois de nouveau avec ardeur à rendre le remède inutile.

J'avois affaire aux partenaires les plus subtils, comme aux moins délicats ; Biribi-hony avoit fait avertir et amener par Labassette une recrue des plus déterminés du N.º 113, de ce célèbre numéro (de ruineuse mémoire), qui devint par la suite le théâtre de mes turpitudes les plus basses, et le fatal mobile de toutes mes actions. En quelques heures je perdis au trente - un, non-seulement tout l'argent qui étoit dans mes coffres, et dont j'avois eu l'impudeur de dérober la connoissance à Élisa, voulant par-là me ménager une espèce de réserve dans mes détestables spéculations ; mais, dans mon délire frénétique, j'engageai encore par écrit un mobilier immense, mes voitures, mes chevaux, mes bijoux les plus précieux........jusqu'à mes propres vêtemens dont je jouai l'évaluation ; tout fut absorbé dans le gouffre ouvert par Biribi-hony ; et, de même qu'un vaisseau s'engloutit par un naufrage, mon désastre fut complet : peu de trompeuses intermittences, peu de ces gains passa-

gers qui procurent au joueur un moment de joie, tel faux qu'en soit le fondement, aucun débris de mon bien ne
reparut ; moi seul, resté comme sur une
plage déserte, je me vis chassé de mon
propre hôtel par les mêmes scélérats
qui avoient combiné ma ruine, et s'é-
toient ensuite joints secrètement à ce
créancier fameux auquel j'étois redevable, sur ma parole d'honneur, de cent
quatre-vingt mille francs. Signataire im-
prudent d'obligations à leur bénéfice,
et que j'eus la folie de leur passer au
plus haut degré de mon infortune, ils
furent en plein droit de me déposséder
complètement, et le firent en effet,
avec une inhumanité incroyable. Biribi-
hony lui-même, l'infâme Biribi – hony
prit dans ce coupe-gorge le rôle d'huis-
sier : sans perdre un moment, il fit in-
tervenir la justice, à peu près comme
le tartuffe de Molière le fait contre son
bienfaiteur, la mettant en possession
de ses titres, avec injonction d'agir. La

juste fureur qui m'animoit me faisoit chercher avec une brûlante impétuosité, dans cette association de chevaliers d'industrie, ou, pour mieux dire, d'escrocs, un adversaire qui voulût bien répondre, en homme d'honneur, à mes défis; j'eus le triste avantage, à force de provocations, d'obtenir un duel; ce fut sir Edouard, colonel de cavalerie, joueur noble autant que loyal, et blessé, à juste raison, des personnalités et des outrages dans lesquels il se trouvoit indignement enveloppé, qui me demanda lui-même satisfaction. Nous nous rendîmes donc de suite derrière le cimetière de la Madeleine, et à la faveur des reverbères qui jetoient encore un reste de lumière tremblante et vague, l'épée à la main, j'implorai le ciel, non pas pour qu'il me fît triompher de mon ennemi, mais au contraire (prière fort rare en pareille circonstance), pour qu'il m'accordât la grâce de me faire succomber, et terminât d'un seul coup

mes infortunes et ma vie : cette insigne
faveur ne me fut pas réservée ; par une
espèce de coup double, je renversai le
colonel à mes pieds, ce qui fut plus l'effet du hasard, qu'adresse et prémédita-
tion de ma part; son épée, dans le
même temps , s'étoit enferrée dans la
mienne; mais elle ne me fit qu'une légère meurtrissure sur la peau. Me voilà
donc désormais chargé de dettes, de
ma misère , d'un meurtre et du poids
plus odieux de mon existence : le lieu,
ni l'heure , ni mon fatal triomphe ne me
permettoient pas alors de me livrer à
d'inutiles et sinistres réflexions ; il falloit
fuir et chercher dans Paris un asile
obscur et ignoré, pour m'y cacher avec
mon malheureux fils; car j'avois eu la
précaution, dans ma détresse, de faire
emmener cet enfant et de le faire garder, à quelques pas du lieu du duel, par
un des domestiques qui nous avoient
accompagnés. Quant à sir Édouard, j'i-
gnorai long-temps son sort; ce ne fut

que quelques mois après que j'appris
que sa blessure n'avoit point été mortelle. Abandonnant donc le colonel aux
soins des témoins, je ne songeai dans
le moment qu'à me dérober aux poursuites de la justice, étant doublement
déchiré par le souvenir cuisant des sermens imposteurs que j'avois prodigués à
Élisa, et de l'idée alors cruelle de son
prochain retour..... Car de combien de
nouveaux attentats n'avoit - elle pas
droit de m'accuser et dont ma conscience timorée ne pourroit supporter
l'imputation....... Oui, c'est alors que
toutes les furies sembloient se disputer
le plaisir de me déchirer le cœur et de
le mettre en lambeaux.... Je ne puis
continuer, mes larmes me suffoquent,
mon cœur ulcéré s'oppresse, et, malgré
un assez long espace de temps écoulé
entre les événemens qui me sont arrivés et le moment présent, la douleur
que leur souvenir me cause rapproche,
ou plutôt détruit cette distance ; ma mé-

moire se refuse à confier davantage à ma plume le récit de tant d'infortunes......
Je m'arrêterai donc quelques momens, pour recouvrer des forces que le chapitre suivant ne réclame que trop.

CHAPITRE V.

Particularités affligeantes. Retour de madame de Sélicourt. Liaisons avec d'autres joueurs d'un ordre subalterne. Description du N.º 113. Folies. Perversités nouvelles.

S<small>I</small> cette histoire ne se présente pas sous les couleurs d'une vraie morale, car la meilleure, ce me semble, est celle qui fournit à-la-fois l'exemple et le précepte, du moins ne peut-on lui refuser les propriétés d'un puissant préservatif, en admettant que le lecteur, pénétré et attentif, veuille bien s'appliquer un instant à lui-même l'apologue des leçons cruelles que le sort m'a données, pour punir mon inconduite.

On est impatient de savoir quel refuge un homme dénué de tout, sans argent, abandonné de ses propres domes-

tiques, brouillé avec la majeure partie
de ses parens, n'ayant eu que des fri-
pons pour amis et pour ses prétendus
soutiens, ayant enfin abusé de tout crédit, peut trouver à trois heures du matin, dans les rues de Paris !..... Je satis-
ferai bientôt la curiosité de mes lecteurs,
et sans m'étendre davantage sur l'exposition des maux que je souffrois, en su-
bissant une transition si brusque, je veux
dire le passage de l'opulence à la plus
affreuse misère, je viendrai de suite au
fait. D'abord, empressé de me soustraire
aux poursuites de la justice sur la découverte infaillible qu'elle auroit bientôt faite d'un homme de marque, de
plus étranger, tué en duel à deux heures et demie du matin, et laissé baigné
dans son sang (car peut-être tous les
témoins avoient pris la fuite comme
moi, et l'avoient abandonné pour son-
ger à leur propre salut), je m'échappai,
ou plutôt je me mis à fuir à grands pas;
mon épée sous un bras, mon fils por-

té sur l'autre, vers le quartier de la Sorbonne, en évitant surtout de passer devant les garde-de-corps ; là, m'arrêtant dans une de ces rues désertes près l'École de droit, je m'assis un moment sur un banc de pierre, toujours tremblant qu'il ne passât quelque ronde de nuit.

Après m'être recueilli quelques instans, je m'écriai assez haut, agité, comme je l'étois, du tumulte de mes réflexions qui se pressoient en foule dans mon esprit : Quel épouvantable abîme ai-je ouvert sous mes pas ! j'ai ruiné mon épouse, mon fils ; j'en suis l'assassin ; je suis leur propre bourreau ; que leur laisserai-je pour héritage ?..... un nom diffamé, le déshonneur et l'indigence......: Ne valoit-il pas mieux immoler de suite ces innocentes victimes, sans leur faire boire le calice de la douleur jusqu'à la lie ? Torturé au delà de toute expression, j'avois peu réfléchi que quelqu'un, malgré l'heure indue à laquelle je me trouvai dans ce

8

lieu, pouvoit me voir et m'entendre par
l'effet de quelque circonstance fortuite.
Hélas! ce n'étoit que trop vrai; une portière qui veilloit encore, pour attendre
peut-être le retour de quelque joueur
forcené comme moi, avoit donné toute
son attention aux exclamations qui m'é-
toient échappées; placée près de moi
par la proximité de sa lucarne avec le
banc sur lequel je m'étois arrêté pour
reprendre haleine, elle avoit tout entendu, et également vu, à la faveur de
la clarté de sa lampe, mon action, l'é-
nergie surtout avec laquelle j'avois ser-
ré mon fils dans mes bras, en m'api-
toyant sur son sort; elle avoit vu briller
une épée nue..... La cruelle! il lui
vint dans l'esprit que ces mots d'égor-
ger, de victime, de bourreau, étoient
des indices avant-coureurs du forfait
que je me proposois de commettre sur
mon propre fils : épouvantée de l'idée
d'un suicide ou d'un assassinat exécuté
sur le seuil même de sa maison, elle se

mit à crier de toutes ses forces : à l'assassin ! à l'assassin !..... au secours !...
A ce cri sinistre, à la situation équivoque que je présentois , tout mon
sang se glaça ; ces cris furent un coup
de foudre pour moi , pour mon pauvre
enfant dont les traits étoient déjà entièrement décomposés, mes cheveux se
hérissèrent, et mes facultés étoient entièrement suspendues........ Cependant, prêt à perdre connoissance, je
sentis bientôt toute l'étendue des périls
que je courois, surtout en me laissant
aller à un dangereux évanouissement ;
je me roidis donc contre l'adversité, et
rassemblant toutes mes forces, je parvins à prendre de nouveau la fuite,
en dirigeant mes pas derrière le Pan-
théon : là, je posai à terre mon précieux fardeau, mon cher fils ; je me fé-
licitois déjà d'avoir échappé au danger ;
j'allois me prosterner, et me prosternai
en effet près les marches du temple, en
ordonnant à mon fils de m'imiter, dans

l'intention de rendre grâces à Dieu de
cet inespéré bienfait, lorsque je m'a-
perçus, mais trop tard, que j'avois
oublié sur le banc de pierre ma fatale
épée, teinte du sang de mon adversaire, et portant mon chiffre, ainsi que
le nom de l'armurier. Cette preuve
matérielle donneroit infailliblement de
grandes lumières sur le propriétaire de
cette épée, ce qui contribueroit à faci-
liter les recherches et à courir sur mes
traces ; conséquemment nouvelles an-
goisses, nouvelle agonie de l'esprit et
du cœur, qui, tourmentés l'un et l'autre,
étoient devenus en moi le double siége
des plus violentes inquiétudes, comme
des plus douloureux sentimens : si l'on
réfléchit ensuite aux fatigues que tant
d'insomnies et de secousses avoient dû
me causer, ne possédant alors d'autre
asile que la pierre des degrés du Pan-
théon, et dans une saison assez froide,
on n'aura encore qu'une foible esquisse
de mes maux ; s'ils ont pu intéresser le

lecteur, il en concevra, je crois, un surcroît d'aversion pour le jeu, source empoisonnée de laquelle tous mes malheurs ont découlé.

Il falloit pourtant quitter une situation et un lieu aussi incommodes que suspects; mais, malgré ma vive impatience, je n'en devois pas moins attendre le point du jour, pour pouvoir me réfugier quelque part. Que les heures me parurent longues!..... L'horloge de la Sorbonne me fit savourer toute sa lenteur. Enfin, voyant que je pouvois parcourir les rues sans danger, je m'y déterminai. Arrêté dans la rue de Cluni, par la remarque que j'y fis d'une enseigne d'hôtel garni, je résolus aussitôt d'y arrêter une chambre, telle qu'elle fût, où je pus jouir de quelque répit. Comme dans beaucoup de ces maisons l'on ne paie pas d'avance, je ne craignis pas de passer de suite marché avec la maîtresse de la maison ; mon extérieur, ma personne et la richesse de mes ha-

bits, l'air distingué qu'avoit également
mon fils, me rendirent très-favorable
l'accueil de madame Bertault, c'est ainsi
que se nommoit l'hôtesse. Il est vrai,
comme je l'ai dit au lecteur, que je n'a-
vois pas d'argent comptant sur moi,
mais il me restoit cependant encore
quelques ressources dont je pouvois tirer un assez bon parti, pour parer aux
besoins présens, tels, par exemple,
qu'un portrait d'Elisa, enrichi de diamans, que je portois sur mon cœur,
et jusqu'alors inaccessible aux atteintes
du jeu ; mon fils avoit aussi une montre
en or, à répétition, dont son parrain
lui avoit fait présent, et qu'il possédoit
encore, peut-être par la seule raison
que je ne me ressouvins pas, la nuit
des pertes énormes que j'essuyai, que
ce bijou étoit à ma disposition, et que
j'aurois pu tenter la fortune avec cette
valeur : enfin j'étois de plus possesseur
d'une bague et d'une épingle en diamans assez belles, renfermées dans un

étui vert en chagrin, et qui, se trouvant serrées dans une de mes poches de côté, s'étoient, pour ainsi dire, dérobées à la fureur du jeu : l'une et l'autre ne pouvoient manquer d'être promptement portées au Mont-de-piété, où ces bijoux ne tardèrent pas à être déposés. Je me bornai à vendre de suite à un juif l'épingle, dont la valeur devoit servir provisoirement à attendre le retour d'Elisa, et au paiement de ma nourriture, ainsi que de celle de mon fils.

Lorsque les premières politesses d'usage furent reçues et rendues de part et d'autre entre moi et madame Bertault, je lui demandai la permission de me retirer, feignant, dans les détours dont je cherchai à l'abuser, de descendre de quelque voiture publique, où mes malles étoient encore, et qu'on devoit, ajoutai-je, m'apporter dans le jour : à ce sujet, je lui fis de suite une histoire assez vraisemblable, pour servir d'apologie à l'air extraordinaire que pouvoit avoir à ses yeux ma venue singulière. Je m'inquiétai d'ailleurs fort peu du degré de crédulité qu'elle voudroit bien donner à mes fables, me proposant de lui faire dans le jour même le paiement d'un mois d'avance. Elle me laissa donc me retirer dans mon appartement, où je m'empressai de déshabiller moi-même mon cher Adolphe, c'est ainsi que se nommoit mon fils, et de le faire jouir du repos que son enfance réclamoit impérieusement : quant à moi, j'invoquai vainement le sommeil ; ce bienfait si nécessaire aux malheureux ne me fut point accordé ; et d'ailleurs le lecteur est sans doute encore pénétré du récit de tous les sujets d'insomnies que je viens de mettre sous ses yeux, sujets qui acquéroient une nouvelle force dans mon esprit, par le calme et le silence des réflexions.

« Point de repos pour le méchant : » encore moins pour le joueur. Je ne l'éprouvois que trop. Voyant donc que je ne pouvois jouir d'aucune tranquillité, je me mis à faire de vains et insensés projets.......

On se figurera peut-être bénévolement que mes rêveries, mes plans, tous basés sur une complète réforme , sur mon retour , sans restriction , à de bonnes mœurs, ne respiroient que l'esprit de ce louable dessein : vous me connoissez bien peu, qui que ce soit qui me lisez ; vous m'avez bien peu approfondi et démêlé, si , en ma qualité de joueur , vous m'avez jamais cru susceptible de quelque action raisonnable. Point du tout, voilà quelles furent mes résolutions, qu'une prompte exécution suivit : je m'emparai de la montre de mon fils pendant son sommeil , et, muni également des bijoux dont j'ai déjà parlé , ainsi que de la clef de ma chambre, je sortis furtivement, gagnant la demeure d'un commissionnaire au Mont-de-piété , rue Saint-Honoré , près le Pa-

lais-Royal ; j'y troquai, sans m'inquié-
ter des frais de l'usure, mes bijoux
contre de l'or et de l'argent comptant,
et me crus, à la faveur de ce perfide
échange, aussi fortuné qu'aux plus
beaux jours de ma première opulence.
Allons, me dis-je, point de pusillanimité ; volons à de nouveaux combats ;
déterminons la victoire, puisque ce n'est
qu'à force de témérités qu'on obtient
ses faveurs. Il étoit midi à peu près,
lorsque je me tenois à moi-même ce
discours moral ; je marche donc à
grands pas vers le N.º 113, persuadé,
par mes faux pressentimens, que ce
Numéro, fatal à tant de familles, ré-
pareroit lui-même le tort des mes folies
passées, particulièrement celles de
la dernière nuit, et par ses propres
pertes m'aplaniroit le chemin et le
retour à mon hôtel, où mon Elisa
pourroit rentrer, sans connoître jamais
les circonstances de la catastrophe
passagère qui m'en avoit expulsé.

A l'entrée de ce célèbre établissement, connu généralement sous le
nom du Numéro 113, voltigent une
quantité de nymphes qui en rendent
les approches encore plus attrayantes,
surtout pour ces hommes qui mettent
les sens à la place du sentiment, et
les désirs grossiers à celle de la véritable volupté et de la délicatesse ;
principalement, dis-je, pour cette foule
de jeunes gens qui s'imaginent que l'or
peut leur procurer toutes les délices de
l'amour, en leur épargnant toutes les
tribulations ; mais qui ne sortent en
effet de ce honteux commerce, et à-
la-fois de leur erreur, qu'après avoir
échangé leurs forces et leur santé contre une vieillesse et des infirmités pré-
maturées, contre des dégoûts et des
motifs de cuisans regrets. Ces femmes,
la honte de leur sexe, dépourvues de
toute pudeur, et qui trafiquent sur la
volupté et le plaisir, n'en possédant
aucuns des véritables élémens, sont

donc là comme les prêtresses du temple , ou plutôt comme des sirènes qui
attirent de toutes parts le navigateur :
il est vrai qu'elles n'ont aucun culte
à servir dans ce même temple (le
Numéro 113), et que le leur est entièrement consacré à Vénus ; mais, fort
peu scrupuleuses sur le choix des sacrificateurs , elles portent l'esprit de
tolérance à un point que toute secte
plaît à leurs yeux , pourvu que l'offrande suive de très-près, et même
devance les faveurs vénales qu'elles
vous prodiguent : ce n'est point du tout
à ces déesses , un peu trop familiari-
sées avec le genre humain, que je voulois brûler quelques grains d'encens;
je montai donc avec vivacité le grand
escalier, en passant au milieu d'elles,
sans que leurs attraits factices pussent
un seul moment rendre leurs résolutions incertaines, et mes pas chan-
celans.

Un matelot qui, depuis six mois en

mer, entend crier : terre ! un amant qui revoit sa maîtresse après une longue séparation ; un prisonnier jeté au fond de la Sibérie, qui remet le pied sur son pays natal, après dix ans d'absence ; un vil courtisan qui se venge et éconduit un plus vil courtisan son rival, n'éprouvent que des demi-sensations, des demi-jouissances, mises en parallèle avec les émotions, les frémissemens d'un joueur qui, privé pendant quelque temps de ses hochets chéris, les retrouve, les savoure avec autant d'ardeur, d'enchantement, que les Français en témoignèrent, lorsqu'ils purent, après vingt ans de deuil, contempler les lis sur le front auguste de la fille de leurs Rois, et revoir un père consolateur dans leur souverain légitime.

J'avoue qu'à peine eus-je pénétré dans l'antre fatal, je contins difficilement les transports fougueux de mon inhumaine joie : trois files de pontes

9

de tout âge et de tout rang entou-
roient circulairement les prêtres et le
grand-prêtre , dont la figure impassible, et impénétrable dans la prospé-
rité ou l'adversité , sembloit dire à tous
les spectateurs : imitez – moi ; soyez
calmes dans la perte ou le gain. Beaucoup de pontes , loin de suivre cet
exemple stoïque , loin , dis-je , d'être
maîtres de dissimuler leur rage et leur
fureur concentrées , l'exprimoient , au
contraire , avec une énergie souvent
par trop irréligieuse. Je ne puis m'empêcher , à cet à-propos , de faire passer sous les yeux du lecteur une
galerie de quelques originaux dont
les manies et les contorsions, dans les
chances favorables ou contraires , eussent fait la fortune d'un peintre. Ce-
lui-ci , par exemple , le menton collé ,
pour ainsi dire , sur la table , tenant
un jeu de cartes, en rouloit une dans
ses doigts chaque fois qu'il faisoit son
jeu : le banquier décidoit-il de son

sort à son désavantage , la carte déjà roulée, et qu'il avoit portée à sa bouche , étoit avalée comme par un automate qui obéit aux ressorts d'un mécanisme secret; de sorte que le bordereau de ses pertes pouvoit se faire par le nombre des cartes qu'il digéroit sans s'en apercevoir. Et cet autre fanatique plus ridicule encore, qui , paralysé de tous ses membres et se faisant apporter par ses valets, ne peut jouer qu'à l'aide d'un fondé de procuration ; remarquez-vous combien le système nerveux est agité et convulsif en lui , et le rend en même temps effroyable et grimacier !.... Ses yeux caves, ses joues creuses , son teint cadavéreux, rendent ses grimaces encore plus odieuses : quel sourire amer que celui de ses lèvres décolorées ! .... Il paroît avoir juré que la roulette seroit son tombeau ; et, comme Charles-Quint, il veut assister à ses obsèques, de son vivant.

Mais qui vois-je au haut de la table ? ... Un caissier comptable envers
sa maison de banque, prodiguant sans
discernement, d'une main tremblante
et d'un viage altéré, l'or qu'il a distrait
de sa caisse, dans l'espoir frivole de
le doubler, afin de subvenir aux dépenses capricieuses et à la toilette
d'une maîtresse qui lui fait acheter
chaque journée de sa fidélité héroïque
au prix d'un chapeau ou d'une robe
nouvelle. . . . . Chaque carte que
retourne le banquier imprime en traits
de sang l'arrêt de son suicide : il est
ruiné, de plus, il est déshonoré ; il sort
éperdu, ayant joué tout l'or qu'il
avoit soustrait ; ne le voyez-vous pas,
d'une course égarée, allant aux Tuile-
ries, et parcourant à grands pas les
allées les plus sombres ?. . . . . l'erreur
d'un moment va lui coûter la vie ;
grand Dieu ! il a armé un pistolet, le
désespoir et l'horreur de la vie ani-
ment tous ses gestes. . . . . . . retenez

donc sa main homicide ! . . . . . mais il n'est plus temps, il s'est déjà fait sauter la cervelle.

Passerai-je sous silence cet autre martingaliste flegmatique, digne de la plume d'un second La Bruyère ? Seroit-il possible de compter tous les coups d'épingle dont sa carte est devenue diaphane : assis près du banquier, la perte d'une fortune considérable lui a acquis ce stérile honneur ; il ne joue, ni ne ponte pour autrui ; mais il voit jouer, il spécule sur les coups, comme s'il y étoit intéressé, et son imagination se repaît de ces chimères, avec lesquelles il caresse sa passion dominante : il n'embrasse, en effet, dans sa démence, que des illusions ; mais elles font le principal charme de sa vie ; et la chaise qu'il a par droit de fondation, aux tables de jeu, est pour lui un autre hôtel des invalides, qui devient la récompense des échecs dont sa fortune a été atteinte.

Il est temps de revenir à ma propre
conduite, après ces oiseuses digres-
sions, et de dire le sage emploi que
je fis d'une centaine de louis que j'a-
vois réalisés sur le nantissement de
mes bijoux. Je passai long-temps par
les alternatives de la perte et du gain,
ces dernières chances me furent même
long - temps assez favorables ; mais
l'ambition, en me portant à ne pas
me satisfaire d'une somme assez belle,
me fit perdre tout. Je rentrai chez moi
en proie à une mortelle affliction, que
madame Bertault ne remarqua que
trop. J'avois eu la cruauté, sans y pen-
ser, d'enfermer mon fils, et cette innocente créature condamnée à un sommeil forcé, ou, pour mieux dire, à
une diète pénible, n'avoit encore pris
aucune nourriture de la journée. Sur
l'examen rapide que je fis de ma conduite, je ne me regardai plus que
comme un monstre mille fois plus fé-
roce que les tigres de l'intérieur de l'A-

frique : ce cher enfant, intimidé par mon air hagard et farouche, loin de me reprocher, comme il en avoit le droit, ma conduite barbare, me demandoit au contraire, d'une voix incertaine, s'il m'avoit donné involontairement quelque sujet de déplaisir et de contrariété. . . . . — Charmante créature ! plût à Dieu que ton coupable père n'eût pas plus démérité que toi !... Mes larmes inondoient son visage ; je le pressois sur mon cœur, tandis que l'aimable enfant m'étreignoit de ses petits bras caressans : « Ne pleure pas, « papa, me disoit-il, ne pleure pas, « maman reviendra bientôt nous re- « conduire elle-même à l'hôtel. » Adorable enfant ! puisses-tu ne jamais hériter des vices de ton père ! pensai-je... Je fus interrompu par l'arrivée de madame Bertault, qui désiroit savoir si je voulois être servi dans ma chambre : sur ma réponse, les domestiques nous apportèrent un assez bon souper, que

je fus charmé de partagér avec mon
cher Adolphe. J'avois à peine achevé
moi-même de manger quelque bagatelle , que j'entendis dans la rue le
bruit d'un équipage qui paroissoit plutôt voler que courir ; j'ouvre aussitôt
mes fenêtres : les postillons qui condui-
soient cette voiture s'étoient déjà arrê-
tés à la porte de mon hôtel : mais quel
fut mon étonnement , ma joie, mon
ivresse mêlée, il est vrai, de tant d'a-
mertumes , en reconnoissant bien dis-
tinctement la voix d'Elisa, de mon
adorable Elisa ! — Descendre avec la
rapidité de l'éclair, me précipiter dans
ses bras, la presser sur mon cœur, tout
cela demanda à peine le temps que
j'emploie à le narrer. Point de reproches de sa part, point de pénibles leçons, Elisa est toujours un ange ; il
semble que madame de Sélicourt ne
veuille rien enlever à la plénitude de
son bonheur, et que ses premiers momens de son retour appartiennent

entièrement à sa tendresse. Mais comment avoit-elle su me découvrir dans une retraite si éloignée de mon hôtel ? Labassette, dont je ne laissai pas d'ailleurs que d'avoir beaucoup à me plaindre pour le peu de fidélité qu'il m'avoit témoignée, en m'abandonnant lors de mon duel, s'empressant d'abord de s'en justifier, satisfit à mes questions passionnées, en m'expliquant de suite par quel concours de circonstances heureuses il m'avoit aperçu et suivi au N.° 113. Il ajouta que sir Édouard, moins dangereusement blessé qu'on l'avoit craint dans le moment, avoit été transporté à son hôtel. Mais Élisa réclame ici tous mes soins, tout mon amour : en me replaçant, du moins en idée, dans cette situation délicieuse où je la retrouvois plus aimable que jamais, j'obtiendrai sans doute du lecteur sensible qu'il me laisse jouir sans obstacles de la présence d'une épouse chérie. Le chapitre VI donnera plus amplement l'explication des moyens par lesquels madame de Sélicourt avoit trouvé ma demeure, et fera connoître les nouveaux traits d'ingratitude dont je me rendis coupable envers elle.

CHAPITRE VI.

Nouvelle faute. Passion croissante du jeu. Connoissance d'un romancier. Événemens bizarres. Introduction de quelques originaux.

LES premiers instans furent donnés à la tendresse, aux questions, aux réponses incohérentes, dictées toutes par le sentiment, et conséquemment dénuées de clarté : ma chère Elisa vouloit cependant apprendre plus positivement de ma propre bouche le détail des nouvelles catastrophes que je m'étois attirées : de mon côté, j'étois curieux de savoir par quelle cause elle étoit descendue directement à mon nouveau logement. Elle m'instruisit donc que Labassette, après avoir parcouru toutes les maisons de jeux du Palais-Royal, où il présumoit que j'étois, me vit au

N.º 113. Sa première idée fut de me
faire suivre par quelqu'un chargé de
lui rapporter la désignation précise de
ma retraite; sa seconde pensée fut d'aller
se placer en sentinelle dans la rue du
Mont-blanc, où il avoit espoir de voir,
d'un instant à l'autre, arriver mon
épouse, pour lui servir de guide auprès de moi. Toutes ces conjectures s'é-
toient réalisées, et donnoient à-la-fois
un témoignage non équivoque de son
zèle et de son attachement pour ses
maîtres.

Élisa, après cette explication, reçut
de ma part celle de ce qui m'étoit arrivé ; et son cœur généreux vouloit encore, pour ne blesser en rien ma délicatesse, rejeter tous mes désastres sur
la malignité de mon étoile ; elle s'esti-
moit, disoit-elle, trop heureuse, puisque, ainsi que son cher Adolphe, elle
me pressoit sur son cœur, sain et sauf
de tant de dangers que j'avois courus.
— Non, Élisa, m'écriai-je, ton époux,

ton amant n'est que trop coupable, et l'excès de ton indulgent amour ajoute à l'amertume de ses remords. — Allons, Sélicourt, reprenoit-elle, point de douloureux examen des fautes que vous avez commises, point de retour affligeant sur le passé; je suis revenue, grâces au ciel, en état d'arranger vos affaires, et de reconstruire moi-même l'édifice de notre mutuel bonheur, si vous me prêtez de nouveaux sermens, mais inviolables cette fois, de n'y porter désormais aucune atteinte : puis, brisant sur un sujet qu'elle voyoit m'affecter sensiblement, elle me fit de tendres reproches d'avoir osé sortir dans Paris, après le malheureux duel du matin; à cet égard, elle se proposoit de voir le ministre ***, à l'effet d'arrêter les suites d'une affaire dont tous les torts, au fond, devoient être entièrement rejetés sur mes ennemis. Profitant ensuite de l'absence de Labassette, Élisa me prit affectueusement

par la main, me conduisit à une de
ses malles qu'on avoit déjà montées
dans notre appartement, et l'ouvrant
avec une secrète joie, après m'avoir
donné quelques baisers fort passionnés,
qui partoient tous du plaisir qu'elle
éprouvoit en sauvant l'objet de son
amour, elle me montra l'heureux résultat de son voyage : c'étoit une cassette en acajou, remplie d'or, de pier-
reries, de diamans, de contrats, de
billets de banque, d'un service en ver-
meil et de beaucoup d'autres objets
et bijouteries de grande valeur.

Ah ! chère Élisa, m'écriai-je dans le
plus grand enthousiasme, tes procédés
généreux me confondent, et ta vertu
redouble mes remords..... Comment
reconnoîtrai-je tous tes bienfaits ! Oui,
chère épouse, ajoutai-je, les yeux
mouillés de douces larmes, ma vie, ma
conduite, la moindre de mes actions,
te sont désormais consacrées et sou-
mises, et à l'avenir je ne veux plus être

que l'esclave de tes volontés. — Me promettez-vous donc bien, méchant, reprit-elle avec un sourire enchanteur, et en provoquant de nouveaux embrassemens, que vous ne jouerez plus, que vous quitterez insensiblement toutes vos mauvaises sociétés, et que mon bonheur et ma vie enfin vous deviendront aussi chers que l'un et l'autre le sont à Élisa pour vous.

Le sentiment étant loin d'être éteint en moi, et ayant d'ailleurs toujours nourri au fond du cœur une grande passion pour madame de Sélicourt, j'étois vraiment de bonne foi, quand, dans ces scènes attendrissantes et expansives, je la rendois dépositaire de mes sermens; je ne trouvois donc alors qu'un nouvel attrait à l'assurer d'une abjuration entière de mes erreurs.

Élisa continua la narration de son voyage, en m'informant de l'habileté et de la promptitude avec laquelle M. de Vaubigny avoit secrètement négocié et sous-traité pour nous : mon père, étant malade, ne l'avoit nullement gêné dans ses opérations ; et nous étions encore en état, avec les biens qu'il avoit réalisés, de vivre fort honorablement, si toutefois, terminoit-elle avec un sourire charmant, elle n'avoit pas perdu tout-à-fait son pouvoir sur mon esprit et sur mon cœur. La maladie de M. de Sélicourt ne laissoit pas que de m'affliger, et je le lui témoignai ; elle s'empressa de me tranquilliser, en me protestant que le médecin l'avoit assuré qu'il n'y avoit rien de sérieux dans son état : nous conclûmes donc un entretien si doux, en nous promettant la plus agréable perspective et une réparation complète des malheurs passés.

Je recommandai à Labassette de coucher dans l'hôtel, pour être prêt le matin à exécuter mes ordres.

M'étant proposé, dans mes confessions, de ne communiquer au lecteur que les seuls événemens de ma vie

comme joueur , je ne lui dois donc
point les faits de ma vie comme époux
et comme amant; d'un autre côté , la
pudeur, de telle gaze que je susse les
couvrir , n'auroit-elle pas droit de s'en
alarmer !. . . . . Je jetterai donc un voile
épai sur les délices d'une nuit fortunée,
où l'amour , uni au devoir , me rendit,
par l'effet de l'absence pénible que j'a-
vois endurée , toutes les illusions et tout
le charme d'un premier attachement. . . .

Pourquoi ne fus-je pas alors transporté dans quelque île , enlevé à moi-
même , et surtout à toutes ces désas-
treuses institutions de jeux de l'Europe
civilisée ; je serois encore l'amant de ma
femme , et non son perfide assassin ;
mon fils feroit ma gloire et mon bonheur ; et je ne verserois pas d'inutiles
larmes sur deux tombes ou plutôt deux
juges inexorables , qui m'accusent et
déchirent ma conscience ! . . . .

On s'attend , peut-être pour mon
propre honneur , qu'il s'écoulera au

moins une quinzaine de jours avant
que je recommence mon train de vie
favori ; qu'il se passera une semaine,
quatre jours, trois jours, deux jours ;
non : on s'abuse, si l'on s'imagine qu'un
joueur peut souffrir la plus courte in-
terruption.... — Ce fut le lendemain
même du retour de madame de Sélicourt que le N.º 113 revit un monstre
commettre de nouvelles infamies, et
provoquer une rechute encore plus
désastreuse que la précédente. Infâme
Biribi-hony ! tu fus le moteur et l'ar-
tisan de ce nouveau et dernier brigan-
dage qui plongea mon épouse, mon
fils dans la misère et l'avilissement le
plus complet ! . . . Mais mettons un
peu d'ordre dans ce douloureux récit.

A peine fus-je réveillé, que, donnant
à Élisa le baiser le plus vrai, comme le
plus tendre, je me complaisois à ou-
vrir la journée par le prélude des plus
douces caresses et des éloges les plus
flatteurs ; je cherchois en quelque sorte

à faire oublier à madame de Sélicourt
qu'elle n'étoit rien moins que dans ses
meubles, mais bien dans un hôtel garni : pensée humiliante pour une jeune
femme fort délicate, comme elle l'étoit,
sur les convenances, et habituée dès sa
naissance au ton et au genre de vie le
plus décent et le plus honorable. Qui
auroit pu me persuader que cet appartement que je méprisois alors devien-
droit bientôt l'objet de mon envie et de
mes regrets !

A mon lever, je fis appeler mon valet de chambre, et lui déclarai avec un
ton d'enjouement que je voulois de la
recherche dans ma toilette ; mon intention étoit, lui dis-je, de faire ma cour à
ma femme ; ce qui parut le surprendre
un peu. — Oui, Labassette, je prétends
recommencer auprès d'elle mon cours
de galanterie, et je ne sens que trop
qu'elle auroit droit de le rendre épineux;
je veux lui prouver que mon unique
bonheur est de lui plaire et de me ren-

dre digne de toutes ses vertus et de ses attraits, autant en soignant l'extérieur de ma personne que le fond de ma conduite. Voilà du nouveau, dit mon valet de chambre ; le maraud s'en alla me chercher un tailleur ayant des habits tout prêts, et j'entendis le fripon fredonner dans l'escalier : « ça ne durera « pas toujours, ça ne durera pas tou- « jours, etc. »

A peine eus-je payé les habits qui me furent apportés et que j'avois choisis, que je m'en revêtis, et, tout fier des propres bienfaits d'Élisa, je me dirigeai du côté de son lit, où elle étoit encore, pour m'égayer devant elle et lui donner un double témoignage du sentiment de satisfaction et de sérénité qui m'animoit, ainsi que des bonnes dispositions et de l'enjouement que sa charmante vue avoit répandus partout : elle parut enchantée de ma propre satisfaction, plaisanta finement sur mes prétentions et mon élégance : tout enfin donnoit le pré-

sage d'une journée et d'un avenir déli-
cieux. Bientôt après cette petite scène
agréable, Labassette vint m'avertir que
quelqu'un désiroit me parler ; madame
de Sélicourt, l'ayant entendu, m'enga-
gea à ne pas recevoir la personne dans
l'appartement avant qu'elle ne se fût
levée, et me pria d'aller l'entretenir
dans une salle basse ; à quoi je consentis
sans difficulté. Qui s'imagineroit-on que
je trouvai dans une espèce de parloir où
madame Bertault avoit fait attendre la
personne ? Ce n'étoit certainement pas
un galant homme ; cette classe, depuis
long-temps, ne me faisoit plus l'honneur de cultiver ma société : je ne tien-
drai pas davantage la curiosité du lecteur en suspens, d'autant plus que le sujet n'en est pas digne ; au fait, c'étoit
Biribi-hony. M'avoir vu entrer dans un
bureau de commissionnaire au Mont-
de-piété, ensuite au N.º 113, cela pa-
roîtra fort probable, si l'on considère
que ces maisons odieuses étoient les

théâtres favoris sur lesquels il avoit été toute sa vie en scène : il avoit chargé un de ses affidés de me suivre, et son fidèle messager l'avoit instruit de ma nouvelle demeure. Quel étoit son dessein dans cette visite où il avoit tout à craindre de mes justes ressentimens ? c'étoit, l'infâme tartuffe ! de me faire rendre, dans une partie à-la-fois plus brillante et plus fertile en ressources, toutes les richesses que j'avois perdues dans la dernière surprise. J'eus beau lui opposer tous les raisonnemens que peuvent suggérer l'honneur, la conscience, la délicatesse, et surtout le souvenir si récent d'un désastre dont les résultats avoient fait de si fortes brêches à ma fortune et avoient augmenté le nombre de mes créanciers; c'est en vain que je combattis et que je cherchai à triompher de cet insinuant caméléon et de toutes ses séductions ; inutilement je lui représentai les obligations sacrées que m'imposoit le retour d'une épouse chérie qui, par un

dévouement vraiment héroïque, avoit fait, avec succès, un voyage dangereux pour son état de grossesse ; voyage dans lequel son amour-propre avoit dû souffrir au moins autant que sa santé, et dont l'unique but avoit été de réparer les funestes effets de mes égaremens.....
— Le traître, le séducteur !..... S'il parut tenir compte quelques momens de mes observations et des sages motifs de ma résistance, ce ne fut que pour les affoiblir ensuite par des sophismes plus dangereux, tels que d'offrir à mes yeux fascinés la perspective d'un grand bénéfice, et de pouvoir par là opposer aux services de madame de Sélicourt bienfaits pour bienfaits, et conséquemment de lui enlever cet avantage tacite qui porte toujours quelque chose de mortifiant en soi, celui d'être redevable à sa femme de trop grandes obligations. Il ajoutoit à ce raisonnement spécieux que l'autorité maritale, dans le cas où la fortune m'avoit mis, ne pouvoit man-

quer de recevoir beaucoup d'atteintes,
et que désormais je passerois sous la
volonté et les caprices altiers d'Élisa.
Mais, me récriai-je, sa délicatesse, sa
douceur me sont garans du peu de fondement de vos piquantes suppositions :
ici Biribi–hony, avec l'affectation d'un
ton impérieux et ironique, me démon-
tra, avec une force de logique dont je ne
l'eusse pas cru capable, que je ne pouvois me dissimuler que j'étois tombé
dans l'estime de madame de Sélicourt ;
que sa générosité seule et son indulgence pallioient mes torts ; mais que l'u-
nique moyen de m'élever à son niveau
étoit d'obtenir quelque brillant succès
qui, en remontant complètement ma
fortune, m'égaleroit tout-à-fait à ma
femme, et lui enlèveroit cette supé-
riorité humiliante qu'elle avoit en ce
moment sur son mari : ensuite, comme
s'inquiétant peu des effets que produisoit sur moi son affreuse doctrine, il étala
à mes yeux sur une table le produit de ce

qu'il appeloit trivialement ses *leçons en ville*. C'étoit une bourse remplie d'or, et en outre un porte-feuille garni de billets au porteur, ce qui pouvoit monter à une somme considérable. Il ne laissa pas que de m'insinuer qu'avec un sociétaire intelligent, qui, réunissant, comme moi, à la mobilité d'un esprit aimable une imagination vive, du tact et du calcul, voudroit confondre ses intérêts avec les siens et l'aider à organiser un nouveau système de martingale de la plus profonde invention, martingale qui donneroit évidemment une grande idée de ses lumières, il parviendroit à surprendre et maîtriser la fortune. Son moyen étoit infaillible ; un bénéfice immense étoit assuré ; même il ajoutoit à ce sujet plein d'imposture et de charlatanisme qu'il ne me permettroit pas de me présenter dans ces mesquines succursales de la métropole (le N.° 113), dans ces petits repaires subalternes, où le mince honneur de faire sauter une petite banque est aussi peu avantageux qu'honorable, et où d'ailleurs les fonds ne suffiroient pas, non-seulement à son vaste système et à ses ambitieux projets, mais encore à un seul de ses parolis. C'étoit donc le N.º 113, qui seul, par les ressources fécondes de ses coffres, sembloit digne des attaques et des entreprises de ce moderne Beverley, ce petit Attila dans l'art de jouer. Le N.º 113, ce roc inébranlable pour tant d'autres, à l'entendre, devoit s'écrouler sous nos coups; et on chercheroit, disoit-il d'un ton badin et enjoué, la place où avoit existé cette banque. Le scélérat me vit chanceler; il s'aperçut de l'esprit d'hésitation qui s'emparoit de mes sens; incertitude, avant-courrière d'une détermination qui ne pouvoit qu'être favorable au plan de sa visite. Les autres moyens de persuasion qu'il employa furent l'espérance qu'il me fit concevoir de recouvrer tous mes biens, de rendre le bonheur à Élisa : il reproduisit avec

une nouvelle chaleur ses dangereux pa-
radoxes, et même ajouta à ses premières
allégations ; il appuya sur la supposition
de l'extrême plaisir qu'il y auroit de re-
placer mon épouse dans l'état dont un
revers momentané l'auroit seulement
écartée. J'avois eu l'imprudence de lui
parler de la riche cassette qu'elle avoit
apportée ; l'infâme ne me conseilla-t-il
pas de m'en emparer de suite et pendant
qu'Élisa étoit peut-être encore au lit :
nous doublerions, nous triplerions nos
fonds, disoit-il en fronçant le sourcil,
avec cette précieuse martingale dont il
m'avoit ensorcelé, et, après notre heureuse expédition, remettant la cassette
où je l'avois prise, ce qui résulteroit seul
d'une ruse qu'il appeloit innocente, seroit un accroissement considérable de
fortune que je devrois entièrement à son
ingénieuse médiation et à ses bons conseils. J'étois trop porté, au fond du cœur,
à servir de stupide instrument à ma
propre ruine, pour ne pas écouter avec

avidité les insinuations les plus gros-
sières, pourvu qu'elles caressassent ma
passion exclusive ; je consentis donc à
toutes ses propositions, après bien des
combats où ma conscience et mon honneur expirèrent ; et, pour mettre le comble à mon infamie, je ne voulus pas que
Labassette ou Biribi-Hony se chargeât,
pendant que madame de Sélicourt gar-
doit encore le lit pour se reposer des
fatigues de son voyage, d'enlever la riche cassette ; cet attentat étoit réservé à
mes mains sacriléges..... — N'étoit-il
pas bien digne de moi d'ajouter cette
horreur au tissu de tant d'autres !

Je suspendrai ici la narration de mon
histoire, afin que le joueur de profession, ainsi que les jeunes gens sans expérience qui pourroient se trouver ex-
posés aux mêmes piéges, s'appesantis-
sent ici sur toute la noirceur de ce nouveau trait d'ingratitude de ma part envers la plus digne de toutes les épouses,
et, se gardant bien de m'imiter, fuient

toutes les maisons de jeux, comme des ateliers infernaux mille fois plus malfaisans que tous les fleaux réunis, et les évitent comme des académies ruineuses, dans lesquelles, sans pouvoir s'en garantir, et comme par la magie d'un enchantement irrésistible, ils contracteront l'habitude et la familiarité des vices les plus monstrueux.

CHAPITRE VII.

Enlèvement de la cassette d'Élisa. Journée et nuit orageuses au N.° 113. Ma fuite, et mon nouveau logement.

JE me rends, dis-je, à Biribi-Hony : cependant si je parviens à enlever la cassette de la malle où ma femme l'a fait placer, ce ne sera seulement que pour en soustraire une assez forte somme, nécessaire au complément des fonds de votre martingale, et..... — Allez, allez, timide époux, ne soyez pas criminel à demi, si effectivement votre pusillanimité vous suggère ici l'idée puérile que vous l'êtes dans cette précieuse occasion ; en attendant votre prompt retour, je commanderai à madame Bertault un déjeûner que Labassette nous servira dans cette salle basse, ce qui

nous permettra de prolonger notre entretien plus agréablement. En effet, à
la faveur d'un grand manteau, je revins bientôt chargé de la caisse, qui ne
laissoit pas que d'être d'un poids assez
embarrassant, mais dont le larcin n'exi-
gea de ma part aucune adresse, puisque
l'infortunée Élisa s'étoit rendormie.

Nous sablâmes bientôt le vin de Cham-
pagne, après le service d'un repas aussi
abondant que recherché ; et les fumées
du vin et des liqueurs ajoutant à l'aveuglement de mes premières illusions,
nous courûmes en voiture au Palais-
Royal, riches tous deux, Biribi-Hony
du fruit de ses escroqueries, moi, de
dépouilles sacrées, je veux dire, celles
d'une épouse qui, jalouse de mon honneur, avoit tout fait pour le rétablir, et
ne m'avoit apporté cependant que de
nouvelles armes pour l'anéantir et dans
ma propre opinion et dans la considé-
ration publique.

Pour éviter l'incommodité du poids

et l'embarras d'une cassette portée sous le bras, nous montâmes de suite au bureau de la maison de prêt, qui existe dans la galerie et au-dessus de la maison de jeu même du N.º 113, à l'effet d'y convertir en argent la vaisselle et autres bijoux pesans et volumineux; car il est bon que le lecteur qui ne connoît ou ne soupçonne même pas l'existence de ce commode établissement placé sous les généreux auspices du N.º 113, sache que cette *bienfaisante* maison de secours est judicieusement organisée près celle des jeux.

Une espèce de harem ou sérail monté sur le pied des mœurs françaises, composé d'un essaim de jeunes femmes qui singent la beauté, vont et viennent sans cesse, comme je l'ai dit plus haut, dans les avenues et même sur le parvis de ce digne monument : ainsi le vice, progressivement organisé, y varie à l'infini ses moyens de corruption ; une faute amène insensiblement le germe et le dé-

veloppement d'une autre faute ; tout est
là soigneusement préparé et légalement
institué sous la main de l'homme qui
veut se ruiner et se déshonorer, et l'in-
vite, à l'appas des séductions les plus
dangereuses surtout pour la jeunesse, à
se perdre entièrement. Le délire, l'extrême gaîté qui m'animoient, gaîté un
peu voisine, je dois le dire, de l'ivresse,
me portèrent aussitôt à offrir une double offrande aux deux autres autels du
N.º 113, en louant au fond de mon cœur
les aimables fondateurs qui avoient,
comme à l'envi l'un de l'autre, pourvu à
tous les besoins de mes égaremens honteux ; car à peine sorti de la maison de
prêt, et échauffé, comme je l'étois, par
le feu des liqueurs dont Biribi-Hony m'a-
voit enivré par intention, je me familia-
risai insensiblement avec une prêtresse
qui me détermina, par des agaceries
dont la violence fit, comme d'usage, les
principaux frais, à pénétrer avec elle
dans le sanctuaire... Le respect que je

dois à mes lecteurs et ma propre honte
doivent m'arrêter ici ; mon intention n'a
été d'ailleurs que d'indiquer à peine ce
point de mes erreurs, où, séduit et en-
traîné de toutes parts, je marchois de
précipice en précipice, les pieds enfoncés
dans la fange du vice dont la pente m'é-
toit frayée par le jeu, source de tous les
débordemens de ceux qui s'y adonnent.

Je rejoignis bientôt Biribi-Hony, qui
paroissoit charmé de me voir abonder
dans son sens. — Allons, lui dis-je, nous
ne pouvons commencer nos valeureux
essais sous de plus beaux encourage-
mens : le Dieu du commerce d'un côté,
la cour de Cypris de l'autre.... Voguons
à pleines voiles dans ce charmant dé-
troit, nous aborderons bientôt au pays
d'Eldorado.

Connus tous deux comme d'illustres
pontes, il se fit entendre un murmure
flatteur à notre arrivée dans les salles ;
nous prîmes place, et déclarâmes hautement aux banquiers, d'un ton moitié

enjoué, moitié sérieux, les intentions
les plus hostiles ; nous plaçâmes nos bat-
teries devant nous, c'est-à-dire, une
quantité de rouleaux, et commençâmes
la fameuse martingale de Biribi-Hony,
à six francs de première mise, après
avoir toutefois laissé passer quelques
coups d'intermittences. Mais bientôt, fa-
tigués de préludes et d'essais qui retar-
doient la marche de nos grands desseins,
je voulus moi-même, blâmant l'art tem-
poriseur de mon tremblant partenaire,
fonder la martingale à un louis au premier coup. Jamais la fortune ne se trouva plus bizarre, plus rebelle à mon
égard, que ce jour fatal : la galerie vit,
en pâlissant, le coup le plus singulier,
le plus étonnant qui jamais peut-être
se signala dans les annales du jeu : une
série de vingt-deux à la noire contre
notre calcul problématique : ma dernière mise avoit été de cent vingt-huit
mille francs ; je la fis, l'œil égaré, dans
un état secret de convulsions, et la pâ-

leur de la mort sur le visage : tous les
spectateurs attendoient avec un sentiment de curiosité, d'effroi, et à-la-fois
de pitié pour moi, que le banquier fît le
jeu, tandis que, la figure collée dans
mes mains, et comme anéanti d'avance
du coup terrible qui alloit me frapper,
d'ailleurs rendu entièrement à la raison par les secousses terribles de mes
infortunes, je n'osois pas lever les yeux
sur l'échafaud que j'avois moi-même
dressé.... — Une exclamation univer-
selle sur ce dernier coup inoui, et un
bourdonnement qui annonçoit de l'é-
tonnement et de la pitié, m'apprirent
bientôt mon cruel destin. J'avois jusqu'alors joué avec un malheur incroyable. Le banquier annonce deux à
la noire, et les pontes sembloient déjà
se réjouir d'avance de voir que la fortune alloit enfin se lasser de me persé-
cuter. — Mais, ô sort épouvantable !
la rouge tire sur trente et amène un
as... Pendant cette scène muette, Biribi-

Hony s'étoit évadé, présumant, avec
trop de raison, que j'allois l'accabler de
reproches, et peut-être le déchirer de
mes propres mains, s'il ne s'étoit enfui :
je demeurai donc seul en proie au désespoir le plus cuisant ; je n'entendois
plus le banquier ni plusieurs pontes de
distinction qui m'offroient leurs conso-
lations, et même un Anglais, Milord***,
des fonds assez considérables, pour
prendre ma revanche. Si quelque arme
alors fût tombée sous ma main, je n'é-
crirois certainement pas mon histoire
aujourd'hui : mes esprits, agités comme
un volcan, me brûloient ; j'étois impatient de me dérober au supplice de vivre ; je savourois le projet de ma pro-
chaine destruction, comme l'unique remède à mes maux, et je me rendois
trop de justice pour oser aller profaner
l'asile de madame de Sélicourt : ma personne ne devoit plus souiller le lit nup-
tial ; et, quoiqu'Élisa devoit être alors
dans une mortelle inquiétude sur mon

sort, je me jugeois indigne de paroître
devant la vertueuse, l'infortunée de Sélicourt, qui, par mes infamies, retom-
boit dans l'indigence dont son héroïsme
l'avoit pour quelques instans sortie. Je
ne me considérai plus que comme un vil
et infidèle dépositaire, coupable d'un
attentat affreux à des biens qui n'étoient
pas les miens, me déclarant indigne des
noms sacrés d'époux et de père, et faisant le serment d'arracher à la société,
par un exemple terrible, un monstre qui
la souilloit. C'est, occupé de ces rêveries sinistres et me promenant à grands
pas dans les avenues du Palais-Royal,
que je rencontrai Labassette qui me
cherchoit de tous côtés de la part de madame, et s'étoit mis à ma recherche depuis plusieurs heures avec quelques gar-
çons de l'hôtel. Sa maîtresse, en proie
à des transes horribles, lui avoit ordonné de ne pas reparoître devant elle
sans me ramener avec lui. Le maraud
m'informa que madame de Sélicourt

avoit témoigné, à son lever, de tendres inquiétudes sur mon absence ; il m'avoit justifié long-temps, en l'assurant que je causois dans une salle basse avec une personne d'un extérieur fort respectable : mais quel fut l'étonnement, la stupéfaction, l'anéantissement de madame de Sélicourt, me dit Labassette, quand, voulant régler le mémoire d'une marchande de modes qu'elle avoit fait appeler, elle chercha vainement sa cassette, dont la disparition donnoit aussitôt la clef de l'énigme de ma fuite frauduleuse : sa pâleur soudaine annonça aussitôt un évanouissement où elle fut long-temps entre la vie et la mort ; une attaque de nerfs des plus violentes termina cette crise dont j'étois la cause criminelle ; ce ne fut qu'à l'aide des alkalis qu'elle reprit peu-à-peu ses sens dans les bras de madame Bertault, qu'on avoit appelée à son secours. Devant cette dame, suivant ce que me rapporta encore mon valet de chambre, son indignation avoit été telle, qu'elle avoit blâmé hautement ma passion pour le jeu; et, racontant le nouveau trait d'ingratitude que je venois de commettre, elle attribua à une parfaite hypocrisie les caresses dont j'avois affecté de la combler avant l'exécution de cette noirceur : le ciel et le lecteur me seront cependant témoins que, sans les instigations de Biribi-Hony, je ne commettois pas ce nouveau forfait, et que les témoignages d'amour que j'avois donnés la veille à Élisa étoient aussi doux pour moi, qu'ils étoient sincères ; mais, tel est précisément le sort d'un homme coupable, ses meilleures actions se trouvent désavouées par l'impression de ses mauvaises, et l'on ne croit plus un menteur, même quand il dit la vérité. Enfin, termina Labassette, la douceur naturelle du caractère de madame de Sélicourt s'étoit singulièrement démentie dans cette circonstance, ce qu'on ne pouvoit attribuer, se permettoit-il d'a-

jouter, qu'à ma conduite extraordinaire.
C'est assez, lui dis-je, ne me tourmente
pas davantage, je n'ai pas besoin d'un
second bourreau, je ne me suffis que
trop. — Mais, monsieur, ajouta-t-il,
je vous en supplie, venez consoler madame de Sélicourt, car elle est capable
de mourir de désespoir cette nuit ; dans
son état de grossesse, votre absence
peut lui porter un coup mortel. Non,
Labassette, tu me parles en vain ; je
soutiendrois, je crois, avec moins d'a-
baissement les yeux de l'Éternel que
ceux d'Élisa : cherchons, si tu ne veux
me quitter encore, un refuge pour cette
nuit ; j'ai une dernière lettre à écrire à
madame de Sélicourt, un dernier adieu,
un dernier soupir à exhaler pour elle,
et, ce devoir rempli, c'en est fait de moi.
Labassette, qui avoit un grand fonds d'attachement pour son maître, chercha à
m'éloigner de ce sinistre dessein, en me
rappelant que M. de Vaubigny ne tar-

deroit sans doute pas à envoyer du Languedoc de nouveaux fonds, ou à venir
lui-même ; mais j'étois trop profondément enfoncé dans mes noires réflexions
et trop abîmé dans les apprêts de mon
suicide, pour donner quelque attention
à ses discours ; je ne lui répondis que par
l'expression du plus morne silence. Enfin, après quelques démarches, nous
trouvâmes, rue des Colonnes, une
chambre garnie, avec un cabinet et deux
lits, qui, assez voisine des mansardes,
se trouvoit contiguë à plusieurs cham-
bres de poëtes et de joueurs, comme je
l'appris d'une servante indiscrète qui
vint préparer notre chambre, toutefois
après que le prix de la première quinzaine en fut payé d'avance par mon valet de chambre, qui heureusement avoit
quelque argent sur lui.

Le chapitre suivant présentera le fidèle exposé des nouvelles vicissitudes
que j'essuyai : si je mets quelque inter-

ruption dans mes aveux, je fus trop coupable, je le confesse, pour qu'il y en
eût jamais dans mes remords comme
dans mes tourmens.

———————

CHAPITRE VIII.

Conversation avec un poëte rapsodiste.
Liaisons avec un joueur d'une nou-
velle espèce.

Mon valet de chambre me fit essuyer
de nouvelles importunités pour que je
consentisse à prendre quelque nourriture ; pour le satisfaire, je feignis de goû-
ter à quelques cuillerées de riz dont il
avoit apporté un potage ; mais, pour
prix de ma complaisance, j'obtins de lui,
et de suite, de l'encre et du papier, sur
lequel je traçai à Élisa (souvent effacée
par mes larmes) une sincère confession
de mon indigne conduite, l'expression
de mes mortels regrets, de mes remords,
en lui déclarant à-la-fois que je me faisois à moi-même la justice de me croire
indigne de revenir près d'elle ; et, tout
en lui faisant de nouveaux sermens d'a-

mour et de fidélité , dans un style qui se
ressentoit du désordre de mes sens et de
ma vive affliction , je la conjurois de se
considérer comme veuve , et de cesser
de désirer le retour d'un homme en-
traîné à sa perte par un fatal destin. J'en-
fermois dans cette triste missive mille
tendres embrassemens pour Élisa et
mon cher fils Adolphe , comme les derniers , même imaginaires , que je don-
nerois à la plus aimable et à la plus vertueuse des épouses , et j'ordonnai aussitôt à Labassette , quoiqu'il fût déjà tard,
d'aller mettre ma lettre à la petite poste.
Ensuite , me jetant tout habillé sur mon
lit, où il me fut impossible de prendre
aucun repos, livré comme je l'étois au
plus profond désespoir, je m'abandon-
nois à mes funestes pensées ; j'en fus
bientôt distrait par le bruit d'un poëte-
mendiant et de plusieurs joueurs, mes
voisins, qui rentrèrent à une heure indue, les uns en haranguant les escaliers
de leurs imprécations contre la malen-

contreuse fortune; l'autre, et c'étoit le
poëte rapsodiste, en récitant, d'un ton
emphatique et pompeux, une Ode sur
les délices de la table et les douceurs de
l'opulence. La foible cloison qui nous
séparoit me permit d'entendre, comme
malgré moi, ces platitudes. Une heure
après, lorsque tout paroissoit enseveli
dans le sommeil autour de moi, un
autre bruit plus singulier troubla mon
repos; c'étoit comme l'effet de gros meubles qu'on déplace : fatigué de cette nouvelle incommodité, je me déterminai à
profiter de ma lumière qui brûloit encore, et j'allai prier mon indiscret voisin de remettre au lendemain ce que je
jugeai être les apprêts de son déména-
gement. Que vis-je en poussant sa porte
entr'ouverte !.... une quantité de bûches éparses dans sa chambre, et ce
joueur original (car c'en étoit un) cher-
chant d'une main avide et avec une attention scrupuleuse quantité de pièces
d'or qu'il avoit, me dit-il, jetées dans

une pile de bois. Je comprenois fc .t peu
la nécessité et l'idée de faire d'une voie
de bois son coffre-fort ; bientôt lui-même, pour se justifier de l'importunité
qu'il me causoit, comme voisin , m'ex-
pliqua les motifs de ce trait d'originalité
de sa part , et ne me dissimula pas que
c'étoit sa manie.

Cet épisode se rattachant naturellement à une petite galerie de nouveaux
tableaux que je veux mettre sous les
yeux du lecteur, je le joindrai à la partie suivante de mon histoire.

CHAPITRE IX.

Ce que c'étoit que la manie de ce joueur original. Indiscrétion du poëte-rapsodiste.

Vous voyez en moi, me dit ce singulier personnage, Alphonse de Dombreuilles, l'unique héritier d'une des premières et plus anciennes maisons de France : votre qualité de voisin, la confiance que votre air et vos manières m'inspirent, et plus que ces favorables considérations, le récit que notre hôtesse m'a fait des catastrophes que vous avez essuyées au jeu, communication qu'elle tient en partie de votre valet de chambre et d'un de mes intimes qui fut présent aujourd'hui à votre célèbre et malheureuse séance du N.º 113 ; tous ces motifs réunis qui, dans leur sens, ont une grande analogie avec les événemens de ma vie, me portent à me faire connoître à vous, qui cessez d'être étranger à mes yeux. Et pourquoi d'ailleurs cacherois-je mes folies, mon nom ? mes prodigatiés ne l'ont-ils pas rendu célèbre dans tout Paris ?....... Dans la passion du jeu se trouve renfermée toute mon histoire. Méconnu désormais de mes plus proches parens, isolé de ma famille entière, il ne m'est pas plus permis de compter sur leurs secours que sur leur estime ; ayant dissipé une fortune immense, je n'en suis pas moins passionné que jamais pour le jeu, qui est devenu mon unique idole. Vous pouvez bien vous imaginer d'ailleurs, mon cher voisin, continua-t-il, en fermant la porte et en m'offrant une chaise, que j'ai fait maints efforts pour détruire en moi cette fureur invincible ; mais voyant qu'ils seroient inutiles, je l'ai en quelque sorte rendue, par résignation, l'arbitre de mes destinées, ainsi que tributaire de la fidélité que je lui ai vouée.

13

De cette profession (car j'en ai fait une
de jeu) je tire mes uniques moyens
d'existence ; et, à l'imitation de ce fameux roi de Pont, Mithridate, qui sut
s'habituer à prendre du poison sans danger, de même, le jeu, qui, j'en conviens,
est l'antidote le plus actif pour anéantir
dans l'homme tout sentiment de vertu,
est devenu cependant le principal élément de ma fortune, sans qu'il ait jamais porté de fortes atteintes à ma probité. Les torts que je me suis faits ne
vont pas au-delà de moi. (Ici, par retour sur moi-même, je soupirai amèrement.) Tantôt chargé des dépouilles du
trente-un, tantôt rendant à ce tyran capricieux tout le produit de ses largesses
de la veille, je passe souvent, en un
jour, de l'extrême aisance à l'extrême
misère : ces flux et reflux ne m'affectent
en aucune manière, c'est mon état, c'est
mon devoir, et, de même que le matelot
est souvent insensible aux tempêtes,
j'essuie les bourrasques de la fortune

d'un front impassible , persuadé de jouir
bientôt de ses retours capricieux ; lorsqu'elle m'est favorable , voilà le temple
auquel je sacrifie , me dit-il , en me mon-
trant une pile de bois placée près d'un
petit secrétaire , et à moitié écroulée , j'y
jette quatre - vingt ou cent louis, selon
le gain que j'ai fait ; les pièces d'or tom-
bent çà et là , et , pour ainsi dire , se dé-
robent dans la sciure et les fentes du
bois : le jeu m'est-il devenu contraire,
je commence aussitôt mes recherches ,
et j'y retrouve éparses les pièces d'or
que j'ai ensevelies dans cette espèce de
dédale , si ce n'est , comme on peut se
l'imaginer , une certaine quantité qui se
soustrait à la vue et exige de ma main
impatiente le déplacement presque général de toutes les bûches. Jugez de ma
joie, monsieur, me dit - il avec feu , de
mon enthousiasme, de mon délire , lorsque je parviens, à force de perquisi-
tions, à surprendre quelques louis qui
s'étoient comme esquivés. Il est vrai,

poursuivit-il, que cette originalité, car
j'avoue que c'en est une, me coûte un
véritable travail ; mais la jouissance, les
émotions délicieuses que j'en retire, le
dépassent mille fois. Souvent désespéré,
sans crédit, même pour ma table, je me
crois sans ressources, et, les ayant toutes
épuisées, il ne me reste que celle de me
détruire..... Cependant je tente encore
un dernier et plus scrupuleux examen
dans toutes les sinuosités de mon coffre-
fort.... combien alors mon cœur palpite
de plaisir et de la douce surprise qu'il
éprouve ! ô découverte enchanteresse !..
la rainure d'une bûche, un petit amas
de poussière recéloient encore un double louis qui s'offre à moi avec toutes les
grâces d'un bienfaiteur inespéré, qui ne
paroît s'être soustrait à ma cupidité
que pour ajouter un nouvel attrait à sa
valeur. Je ne vous le dissimule pas, continua-t-il, j'ai beaucoup de peine à dé-
ranger presque chaque jour, et souvent
la nuit, tout cet échafaudage ; et les au-

tres locataires, ainsi que vous l'avez fait,
ne s'en plaignent que trop, quoique ce
motif m'ait procuré l'honneur de votre
visite : mais que voulez-vous ? telle est
ma marotte, chacun a la sienne ; ce mon-
ceau de bois est pour moi un puits de délices, un dépositaire incorruptible : la
superstition des anciens ne trouvoit dans
leurs oracles que des augures incer-
tains ; pour moi, je retrouve la réalité
dans le fond de ma singulière caisse.

. Je ne pus m'empêcher de sourire de
pitié d'un ridicule aussi complet ; cependant, comme je ne laissois pas que de
découvrir dans ce joueur de profession
des originalités et des systèmes dont il
me sembloit déjà, dans ma folle imagination, que je pourrois tirer quelque
utilité par la suite, il m'intéressa assez
vivement ; ensuite ma conscience en
recueilloit quelque calme, car je me
justifiois à mes yeux de mes propres
égaremens, sur l'exposé des siens, en
attribuant, comme lui, à la fatalité, la

fougue irrésistible qui m'avoit, dès l'enfance, porté à jouer ; je lui offris donc
mon amitié, en l'instruisant, par une
confession succincte de mes actions, qu'il
y avoit, à quelques nuances près, quelque ressemblance dans nos inclinations
et nos destinées. Dès-lors je me figurai,
applaudi en cela par M. Dombreuilles,
que ce seroit en vain que je tenterois de
résister à l'influence impérieuse de mon
étoile ; je résolus donc de m'y abandonner sans réserve, puisqu'en avoient ainsi ordonné les Dieux ; de plus, je jurai
de faire divorce avec toute la nature, de
fouler aux pieds les titres de père et d'é-
poux, et de n'écouter que les sugges-
tions d'une passion et d'un fanatisme qui
se jouoient de tous mes ébats pour en
étouffer en moi le germe. J'allai jusqu'à
en prêter, entre les mains de M. Dombreuilles, l'insensé et honteux serment.
Vous ne paroissez pas plus que moi, lui
dis-je, désirer vous livrer au sommeil ;
hé bien, jouons dans ce petit réduit qui

est la véritable cellule du joueur : effectivement, tout y respiroit la passion du
jeu, par des emblêmes analogues, par
la tapisserie composée uniquement de
cartes assemblées ; la couverture même
de son lit étoit un tapis vert marqué de
la rouge et la noire, qui provenoit sans
doute d'un présent que lui avoit fait
quelque banque enrichie et reconnois-
sante de sa constante ferveur et des fréquens sacrifices qu'il avoit faits à ses
autels.

Le jour nous surprit les cartes à la
main ; mais nous avions joué, moins
par intérêt, que pour combiner divers
coups, et comme deux acteurs qui ré-
pètent une scène difficile ; nous conclûmes cette première entrevue par nous
jurer une amitié éternelle, et de mettre
fidèlement en commun le produit de nos
talens et de nos différentes spéculations.
Il étoit déjà grand jour, et j'allois me
retirer, quand nous entendîmes de nouveau le poëte famélique récitant ses

poésies. Il apostrophoit en vers alexan-
drins l'aurore et l'astre brillant du jour :
nous frappâmes du pied , pour lui indiquer qu'il devoit faire moins de bruit ;
mais il se crut appelé , et , loin de connoître la véritable expression de notre
impatience , il vint dans un costume fort
grotesque nous demander s'il pouvoit
nous être agréable en quelque chose.
Sans lui dire la cause de l'ennui qu'il
nous avoit causé , et voulant nous en
amuser un peu , nous engageâmes la
conversation sur les belles – lettres. Je
n'ai dans le moment sur le métier , nous
répondit-il , que les canevas de deux
tragédies , d'un mélodrame , cinq odes et
trois romans : le dernier aura , je pense ,
quelque vogue ; j'y ai même entremêlé
quelques scènes licencieuses , afin que ,
poursuivi par la police , il ait l'honneur d'être vendu sous le manteau. A
ces mots , il déroula un fatras d'in-folios ,
et commençant un chapitre fort prolixe ,
il se préparoit à nous poursuivre et à

nous martyriser de sa prose et de ses
vers, lorsque je lui fis observer que la
situation particulière où je me trouvois
me permettoit peu de prêter une grande
attention aux élégies et aux malheurs de
ses héros imaginaires ; sur quoi il me
pria, si toutefois il ne commettoit pas
une indiscrétion par l'expression de ce
désir, de lui raconter succinctement les
principaux faits de ma vie (surtout les
plus romanesques), qu'un véritable intérêt de sa part lui faisoit souhaiter de
connoître. Je jugeai qu'il seroit ridicule
de le refuser entièrement ; ne me proposant d'ailleurs que de lui tracer à grands
traits la peinture des événemens géné-
raux de ma vie, et de ceux qui n'offroient aucune confidence intime. Que
faisoit cet obscur plagiaire pendant
mon récit ? Muni d'un crayon, il recueilloit, par le procédé de la sténogra-
phie, l'exposé de mon histoire. — Que
faites-vous donc ? malheureux romancier, lui dis-je, en le prenant sur le fait.

— Ah ! quel dommage, s'écria-t-il, M. de Sélicourt, qu'il n'y ait pas un degré d'infortune de plus dans vos aventures, vous m'auriez fourni un héros et à-la-fois un roman tout entier, que j'aurois intitulé : le JOUEUR-NÉ ! — Que la foudre vous écrase ! ne puis-je m'empêcher de m'écrier, mes calamités doivent-elles être prostituées et mêlées avec vos rapsodies ?... Je ne pouvois revenir de mon dépit et de l'audace de cet embryon de littérature qui concevoit des spéculations littéraires dans mes propres confidences, et, loin d'y être sensible, ne se suffisoit pas, pour son propre compte, du nombre de mes adversités, attendu que le goût du siècle étoit très-passionné, disoit-il, pour les situations forcées et les coups d'intrigues extraordinaires. Quittez cet original, me dit à l'oreille Dombreuilles, et venez avec moi. Laissant donc Labassette encore au lit, nous gagnâmes la rue Dauphine : là, dans une maison d'amateurs, choisis, nous fîmes en peu d'heures, à compte à demi, un bénéfice de deux cent trente-six louis. Nous partageâmes fidèlement, suivant les conditions de notre traité : mon associé me conseilla de m'en tenir là ; lui-même se rendit de suite chez sa maîtresse, pour lui porter quelque argent ; ce qui ne lui arrivoit, m'avoua-t-il, que trop rarement ; il étoit impatient de remplir ce devoir, que son cœur et la gêne où elle se trouvoit rendoient plus impérieux encore.

Cette bonne action, qui me rappela mes propres obligations, réveilla tous mes remords, me causa les réflexions les plus douloureuses, et me fit céder aussitôt à un beau mouvement : Oui, vertueuse et infortunée Élisa ! je veux retourner de suite auprès de toi, me jeter à tes genoux, et, dans cette humble posture, ton criminel époux attendra à tes pieds l'arrêt que ta charmante bouche prononcera ; je ne me releverai enfin qu'après avoir reçu ou la vie ou la mort....

Je descendis donc avec Dombreuilles;
ma ism'apercevant dans la rue, où je
cherchois des yeux un cabriolet pour
me faire conduire de suite rue de Cluni,
que je n'avois que de l'or, je jugeai fort
inconsidérément qu'il me falloit remon-
ter aux jeux, pour demander au banquier de me changer un louis. Avant
d'entrer dans les salles, parbleu, me
dis-je, je veux m'enchaîner moi-même,
et, me préservant de ma propresé duc-
tion, me mettre dans l'impossibilité de
courir de nouveaux hasards. A cet effet,
je jetai dans mes bottes les cent dix-
huit louis que m'avoit remis M. Dombreuilles, à l'exception d'un seul mis de
côté, pour être échangé contre de l'argent blanc; je m'avance donc de nouveau, bien prémuni contre les attaques
du jeu : mais, le dirai-je à ma honte,
loin d'inviter le banquier à me donner
de l'argent blanc, comme je me l'étois
d'abord proposé, je le mis au contraire
en pleine roulette sur un numéro que

la galerie disoit âgé au moins de cent
cinquante-huit tours de cylindre ; plusieurs autres pontes le poursuivoient
également, persuadés qu'il devoit sortir
dans cette séance même. Ce maudit numéro, malgré mon nouveau projet d'a-
mendement, ranima donc en moi un feu
mal éteint. Toujours acharné à ma ruine, sous telle forme qu'elle s'offrît, je
sortis, mais avec la détermination de ne
risquer que quatre à cinq louis : je dus
préalablement ôter dans l'anti-chambre
une de mes bottes, pour les en tirer ;
ils eurent le même sort que le premier
louis : ce numéro, inutilement garni, me
fit faire successivement, pour me venger des deux premiers affronts que j'en
avois reçus, plusieurs voyages de l'anti-
chambre aux tables de jeux et des tables
de jeux à l'anti-chambre, où mes bottes,
alternativement ôtées et remises, cessèrent bientôt d'être comptables de l'or
qui leur étoit confié ; les cent dix-huit
louis furent entièrement dispersés par

ce ridicule et sot manège, dans lequel j'eus la peine et l'ennui de me débotter vingt fois : et pourquoi atteindre en définitif ?... au détestable résultat de rester sans un écu, pas même de quoi payer un misérable fiacre.... Pensif et navré de tristesse, je revins donc à pied, dirigeant mes pas vers la rue des Colonnes et mon dernier logement, devant renoncer au dessein louable que j'avois conçu d'abord, de chercher, par les marques d'un sincère repentir, à obtenir mon pardon de ma belle Élisa : j'étois trop dégradé à mes propres yeux, après ce nouvel écart, pour oser me présenter aux siens, couvert de honte et d'ignominie, et sans rien posséder qui pût alléger la misère dans laquelle je venois de la plonger, par un larcin infâme, l'enlèvement de sa cassette.

Le premier être qui se présenta à moi, lorsque j'allois monter à ma chambre, fut Labassette, qui offroit dans son maintien les marques d'une secrète

agitation et d'une affliction profonde : à
peine m'aperçut-il, que, s'empressant
de cacher une lettre timbrée d'un cachet
noir, il s'efforça d'affecter une sérénité
et un calme que tout démentoit en lui;
les signes que lui faisoit encore la portière de l'hôtel, qui alors survint, ne me
laissèrent plus de doute qu'il se passoit
quelque chose de mystérieux, dont l'é-
claircissement porteroit sans doute de
grands coups à ma sensibilité, en m'an-
nonçant un nouveau malheur. En conséquence, plein d'une brûlante inquiétude, que la pantomime de mon valet
de chambre et de cette portière m'a-
voient inspirée, j'arrachai des mains de
Labassette cette lettre qui me présageoit
la plus terrible des infortunes. A peine
l'eus-je parcourue, que, me sentant dé-
faillir, je serois infailliblement tombé à
la renverse, sans le secours des deux
personnes que j'avois près de moi.
— Suspendons encore ici la communication que je dois au lecteur de cette af-

fligeante catastrophe, pour prendre de
nouvelles forces que les derniers revers
que j'ai à lui faire connoître ne néces-
sitent que trop, et dont le dixième et
dernier chapitre contiendra l'exposé.

CHAPITRE X.e ET DERNIER.

*Fin tragique d'Élisa et d'Adolphe,
mon fils. Arrivée de M. de Vaubigny.
Trait généreux de M. Lorwey, mon
premier précepteur. Je suis déshérité
par mon père et accablé de sa malé-
diction. Incarcération de Biribi-Hony,
et Conclusion.*

Après avoir repris mes sens, au
moyen des esprits qu'on me fit respirer,
j'ordonnai à Labassette de me rendre
cette lettre fatale qu'on m'avoit dérobée
pendant mon évanouissement. Quelle
nouvelle horreur mettoit le comble à
mes calamités ! Voici en propres termes
ce que m'écrivoit madame Bertault, car
c'étoit cette dame qui s'étoit chargée du
triste ministère de m'annoncer la mort
tragique de mon épouse et de mon fils.

Paris, le....

MONSIEUR,

« Madame de Sélicourt, après quel-
« ques heures d'une douloureuse ago-
« nie, vient de succomber à la suite
« d'un avortement très-douloureux. On
« ne peut se dissimuler que votre der-
« nière lettre, la connoissance trop
« brusque qu'elle a eue de vos derniè-
« res pertes au jeu, et votre absence
« surtout, l'ont précipitée au tombeau.
« Votre fils, d'un âge trop tendre, at-
« taqué d'une fièvre qu'il avoit gagnée
« dans le voisinage de sa mère, l'a pré-
« cédée de peu d'instans. M. Lorwey est
« ici, et, en attendant que vous parois-
« siez, dispose tout pour rendre les
« derniers devoirs à ces deux infortu-
« nés. Je me flatte d'avoir pris tous les
« ménagemens possibles pour vous
« faire remettre cette lettre, et que votre

« valet de chambre, que j'ai fait décou-
« vrir, prévenu par mes avertissemens,
« aura employé tout ce que commande
« une situation aussi délicate, pour vous
« préparer à la double catastrophe qui
« vient de vous frapper. Il ne m'appar-
« tient pas, Monsieur, de vous commu-
« niquer ici mes réflexions et mes sen-
« timens particuliers sur ce funeste évé-
« nement, votre douleur doit être assez
« vive, sans que je prenne la liberté de
« faire remarquer qu'elle prend unique-
« ment sa source dans vos erreurs et
« votre abandon de la plus aimable,
« comme de la plus vertueuse des fem-
« mes. M. Lorwey a reçu comme moi
« ses dernières paroles et son dernier
« soupir; son amour pour vous, Mon-
« sieur, a respiré jusque dans ses der-
« niers momens. Ne deviez-vous pas y
« assister, en présumant, à trop juste
« titre, que le dernier trait dont vous
« vous êtes rendu coupable envers elle
« porteroit indubitablement atteinte à

« sa vie ?....... Pardonnez, Monsieur,
« ma franchise, l'intérêt que j'ai témoi-
« gné à madame de Sélicourt jusqu'au
« dernier instant m'a acquis le droit
« de parler de la sorte. Mais à quoi
« peuvent servir maintenant les re-
« proches et les conseils ? n'êtes-vous
« pas dans la situation d'un homme qui,
« à tous égards, a fait des pertes irré-
« parables ?... Vous en essuyez une troi-
« sième, suivant ce que m'a communi-
« qué M. Lorwey qui arrive du Lan-
« guedoc. M. votre père a succombé à
« sa maladie ; on assure que la connois-
« sance qu'il a eue de votre conduite à
« Paris a avancé ses jours, et qu'il les
« a terminés en vous donnant sa malé-
« diction, après vous avoir déshérité.
« Je finis, Monsieur, en vous suppliant
« de venir sans délai prendre part au
« douloureux fardeau qui pèse sur nous
« tous et qui devroit peser sur vous
« seul. »

« J'ai l'honneur d'être, votre affligée
servante,　　　veuve BERTAULT. »

Que devins-je à la lecture de cette lettre ! un criminel qui entend prononcer sa sentence de mort a-t-il jamais été plus attéré que moi ?... Prenant donc congé de Dombreuilles, qui étoit survenu, et que je priai de régler mon compte avec l'hôtesse, je me jetai dans une voiture avec Labassette. Lorsque nous approchâmes du quartier de la Sorbonne, j'entendis le timbre funèbre d'une cloche qui annonçoit des funérailles...... Grand Dieu ! c'étoient celles d'Élisa et d'Adolphe ; et leur meurtrier arrivoit à l'instant même pour s'en repaître !...... Quels remords ! quelle douleur atroce ! Dans le délire de mon affliction, l'image séduisante de ma chère Élisa m'apparoissoit alors avec toutes les grâces qui formoient son cortége ordinaire, et mon repentir en devenoit plus cuisant. Enfin, arrivés à la porte de l'hôtel, madame Bertault et M. Lorwey, ainsi que M. de Vaubigny, s'y présentèrent dans un morne silence pour m'y recevoir. Sou-

tenu de Labassette, l'on m'introduisit
dans cette même salle basse où Biribi-
Hony avoit achevé de me perdre. Une
seconde défaillance, où mon cœur
sembloit être devenu la proie de toutes les tortures imaginables, s'em-
para de moi; je n'obtins de ces Messieurs qu'après les plus vives prières
la permission de donner un dernier baiser aux deux intéressantes victimes,
sous la condition, ajoutèrent-ils, qu'ils
y seroient présens. Cette dernière condition fut très-prudente, car probablement, étant seul, je me serois saisi de
quelque arme, et, pour venger ces deux
anges, j'aurois puni doublement en moi
un criminel époux et un coupable père.
Je déposai avec mes brûlantes larmes un
baiser ardent sur les lèvres d'Élisa, qui
paroissoit sommeiller et jouir du repos
de la vertu; mon fils fut couvert de mes
caresses; j'allois même, au milieu de
mes sanglots et de mon désespoir, presser ces deux êtres charmans dans mes

bras, sur mon cœur déchiré, et tâcher de respirer sur leur bouche décolorée la mort que recéloit leur sein, lorsque MM. Lorwey et de Vaubigny, s'apercevant du désordre de mes sens et de l'espèce de fureur qui s'étoit emparée de moi, m'enlevèrent de l'appartement, à l'aide des domestiques; je me rappelle encore que ma tendresse réclama une boucle des cheveux d'Elisa, que madame Bertault alla de suite lui couper; j'exigeai également que les bijoux qu'elle portoit ordinairement à ses belles mains me fussent aussitôt remis : ma mémoire ne m'offre le reste de cet événement que comme une nuit affreuse; car, perdant de nouveau connoissance près de M. de Vaubigny, qui eut la cruauté de me faire quelques reproches, je passai de cet état à celui d'une démence complète. J'appris, en recouvrant la raison quelques mois après, à Montpellier, que M. Lorwey avoit religieusement fait rendre les derniers devoirs à mon

épouse et à mon fils, avoit satisfait à
toutes mes créances, de concert avec
M. de Vaubigny, et avoit contribué à
l'incarcération de Biribi - Hony, qu'ils
firent condamner aux galères, en re-
produisant de nouveaux traits d'escroquerie dont il avoit depuis rendu victimes d'autres étrangers inexpérimentés.

Mais c'est vainement que MM. de
Vaubigny et Lorwey cherchent depuis
plusieurs années à dissiper dans mon
esprit les funestes idées, les souvenirs
déchirans qui m'assiègent : la délicatesse
de leurs soins, de leur dévouement à
mes intérêts, qui a été jusqu'à me faire
obtenir ma réintégration dans les biens
de feu M. de Sélicourt ; le choix et l'acquisition qu'ils ont fait en mon nom
d'une maison de campagne près Montpellier, où l'art et la nature ont uni
leurs ressources, et toutes les diversions
agréables qu'ils ont cherché à me causer, n'ont jamais affoibli mes douloureux regrets ni les tourmens de ma

conscience : pour charmer ma douleur, j'ai fait ériger dans un temple consacré à la vertu malheureuse, et masqué dans mon jardin par des saules pleureurs, le tombeau d'Elisa ; un bas-relief l'y représente ayant son fils étendu à ses côtés ; la légende en lettres d'or porte :

AUX TOUCHANTES VICTIMES DU JEU.

Voilà maintenant quels sont et mon nouveau culte et mes nouveaux Dieux. Je les adore, je les pleure, et mes larmes intarissables sont mes offrandes. On m'a déjà présenté de nouveaux partis assez brillans, mais j'ai fait serment d'expier mon crime et d'appaiser la mémoire d'Elisa par une éternelle renonciation au monde. Telle est la dernière situation dans laquelle je m'offre au lecteur ; j'ose espérer qu'il me pardonnera le scandale que mes égaremens ont pu lui causer ; je crois que les CATASTROPHES DU JEU lui fournissent,

15

dans mes malheurs , un exemple assez
frappant, sans lui faire sentir davantage
la nécessité de fuir les maisons de jeux
comme les plus grands ennemis du repos , de la réputation et de l'honneur.

FIN.